Una mancha en la cama

Pecados de la mente, fantasías pornográficas

Mpagela Gracia

1ª edición: Octubre 2014
2ª edición: Abril 2015
3ª edición: Enero 2017
ISBN: 978-84-617-2322-5

Depósito Legal:

EDICIONES PERVERSA

Tengo un amante.
De esos que llenan las noches de gemidos,
y también los días de sonrisas, picardías y confidencias.
Toda mujer debiera tener un amante alguna vez en su vida,
aunque le durara apenas unos días.
Bueno... tal vez con unas horas nos bastase...
Si no lo tenemos, siempre lo podemos inventar, que para eso somos muy
malvadas.
Por lo menos, yo lo soy... y mucho. Seguro que tú también lo eres.
Tengo un amante.
Me ha ayudado a sacar adelante este proyecto,
me ha apoyado desde el primer momento,
y ha hecho que le echara narices a la vida.
Podría haberlo escrito sin él... pero no habría sido tan divertido. Ni tan
excitante.
Tengo un amante,
y es mi mejor amigo.
Gracias por hacerlo realidad.
Contigo mancharé mil veces la cama, y hasta me permitiría mojarla con
lágrimas.
Te quiero.

Las Palmas de Gran Canaria
10 de Septiembre de 2014

Prólogo.

Una Mancha En La Cama.

Me atrevo a entrar en el dormitorio, con la luz de la luna como única compañera. Pero al hacerlo me golpeo los dedos de un pie contra la pata de la cama. Esa pata, donde aún permanece atada la cuerda con la que me dominaste hace un par de noches, y que me habría servido para retenerte si me llego a dar cuenta de que ibas a desaparecer de mi vida. La miro, tirada en el suelo de cualquier forma, y la recuerdo enredada alrededor de mis brazos, vistiendo la piel desde las muñecas hasta los codos.

Las marcas de los brazos habían desaparecido, pero todavía permanecía mi coño mojado…

Enciendo la luz de la mesilla. Las sábanas andan arrugadas a los pies del colchón, pues esa noche nunca llegaron a taparnos. Se quedaron enroscadas sirviendo de poca ayuda, salvo por la que prestaron cuando te vi vestirte tras permanecer abrazados un rato. Entonces, apareciendo un pudor que nunca he tenido y que no se puede explicar hasta que te sientes tan indefensa con tu propia piel expuesta, las enrosqué para taparme mientras me levantaba y me ponía a tu vera. No esperaba que fueras a desaparecer tan pronto, sin apenas clarear el día.

Pero es que no eras mío… Ni de nadie.

El deseo, como mismo viene, desaparece...

La puerta se cerró llevándose tu olor y tu calor, y yo me quedé pasmada, sentada en el borde de la cama que ahora me ofrecía el mismo consuelo que entonces. Las camas vacías tienen una extraña forma de llamarte para tumbarte, pero no reconfortan sin el abrazo que da paso a un suspiro, a un cerrar de ojos, a un beso tierno y un buenas noches susurrado al oído pesaroso.

Y el olor a sexo...

Allí, en la sábana donde podía intuir mi cuerpo junto al tuyo, estaba la mancha que me tiene paralizada. La que me dice que eras real, que te he sentido y me has tenido. Supongo que tu esperma se escapó de entre mis piernas mientras me abrazabas minutos después, y allí se quedó, dando fe de tu existencia, con la tranquila impasividad de los que nada tienen que demostrar. Una mancha, como tantas otras antes, a la altura justa...

Suspiro. Suspiro aunque la cabeza se me llena de gemidos.

A pesar de haber tardado dos días en volver a casa, a enfrentarme a la imagen de la soledad, allí estaba. Una mujer tiene siempre tendencia a levantar la cabeza, aunque se baje la barbilla de vez en cuando. De todo se recupera una. De las ausencias, y de las presencias.

Y tú eras las dos cosas.

Más valía una mancha de semen en las sábanas... que mancharlas con lágrimas.

Introducción.

Pecados De La Muerte, Fantasías Pornográficas.

El parque.

Horas que nos pasamos sentadas en el banco con los tacones enterrados en la arena, viendo las nubes pasar por encima de nuestras cabezas. Gritos de niños, gritos de madres peleando con los niños. Gritos de madres hablando con otras madres...

Abuelas que dan de comer a las palomas y menean sistemáticamente un cochecito de bebé, buscando que el sol no incida directamente sobre la cara del crío.

Hace mucho tiempo que acudo al parque sola. No tengo hijos, pero sí una perrita a la que le encanta perseguir mariposas entre las flores. Los niños salen de su zona acotada de vallas de colores para ir a rascarle la cabeza entre las orejas en cuanto llegamos a nuestro banco. Y allí, desde hace unos meses, me da por ponerme a sacarle historias a las personas que lo frecuentan. No que me las cuenten ellos, por supuesto, que para eso ya tengo yo mi imaginación... y me encanta usarla.

Parejas de enamorados que pasean por los caminos que rodean la arboleda; adolescentes tirados en el césped, jugando al juego de estar enamorados; mujeres solitarias con un libro en la mano, sentadas al borde de la fuente de piedra; hombres corriendo por las pistas de atletismo, sorteando bicicletas...

¿Cuántos de ellos llevarían meses sin tener sexo? ¿Cuántos todavía llevaban prendidos sus olores en el cuerpo?

¿Cuántos, al igual que yo, morboseaban con la idea de follar, allí, con cualquier desconocido?

¿A cuántos les apetecería poder mirar, por una rendijita de la puerta abierta, el combate de dos cuerpos entregados a los deleites del desenfreno?

Debo confesarlo. De cualquier escena saco algo erótico, algo libidinoso, algo pornográfico. Va a ser que tengo la mente sucia…

Me siento, observo, elijo.

Y cuando llego a casa, me centro en escribir. No me dedico a ello, pero es una buena forma de pasar mi tiempo libre tras la dura jornada laboral. El ocupar unos minutos estando delante del papel, con la pluma que me regalaron por navidades entre los dedos, hace que mis fantasías cobren un poco más de vida. Ver las palabras plasmadas en el blanco folio, jugando entre ellas para unirse, hace que mi estancia en el parque requiera mucha más atención al detalle de las personas a las que observo. Cada matiz en la forma de acercar una mano, cada destello en la mirada, cada rubor.

Así me pruebo la piel de la persona a la que imagino. Siento sus deseos, se me acelera el corazón recordando los contactos, se me revoluciona el fondo del abdomen con el calor que se despierta allá abajo.

¿Te has sentido alguna vez observado en el parque? Puede que haya sido yo…

Puede que formes parte de las fantasías que escribo.

Luego, en la intimidad de mi dormitorio, cuando los folios se han amontonado ya en una pila de hojas que cogerán polvo a medida que les va llegando el olvido, me acuesto en la cama y ensucio las sábanas…

FANTASÍA I

Una mujer lleva un rato sentada en una de las sillas que componen la zona de la terraza, en la cafetería del parque. Ha pedido una botella de agua sin gas, muy fría.

Esa mujer es infiel.

Lo sé porque lleva un pañuelo cubriendo todo su cabello. También usa unas enormes gafas de pasta, oscuras como el carbón. Y una gran pamela. Mira con nerviosismo su reloj de pulsera, e imagino que su amante se está retrasando, y que no le gusta estar expuesta a las miradas indiscretas.

No lleva maquillaje, pero va muy bien vestida. Está estrenando zapatos de tacón, vertiginosamente altos. Y luce un collar muy vistoso, destacando en el escote de la perfecta blusa planchada, que no insinúa nada y, sin embargo, promete todo...

Se ha arreglado para un hombre, y ese no es su marido. Esta mujer va de caza.

Bueno, puede que sólo esté esperando a una amiga que llega tarde, y se acabe de hacer un tratamiento en la piel y no quiera coger sol. Si me acercara a preguntarle, probablemente, habría miles de explicaciones a su indumentaria, tan de anuncio de perfume caro, propio de un paisaje con mar de fondo y un coche descapotable brillando a la luz del sol.

Pero me encanta la idea de que vaya a serle infiel a su pareja.

¿Cuál es el motivo por el que se decide que se va a traicionar sexualmente a la persona con la que compartes algo más que mañanas estresantes al levantarse, o noches de confidencias entre las sábanas? Enfado, aburrimiento, distanciamiento, oportunidad...

El calentón que hace que todo pierda sentido.

¿Va en el carácter, igual que lo de ser constante? ¿Se puede ser infiel sólo una vez en la vida, y nunca más volver a pensar en otra persona? ¿O cada vez que tenemos una fantasía con alguien distinto a nuestra pareja, somos infieles?

Creo que la gracia está, seguramente... en que eso nunca se decide.

Simplemente, ocurre.

La pregunta que nunca debí hacerte...

— ¿Dónde se deja de ser fiel?

Y la respuesta que nunca debiste darme...

— Probemos...

Bajar la cremallera de mi vestido negro, dándote la espalda, mostrando la piel del hombro, sacando una manga. Terminar de bajarla, sabiendo que tus ojos acompañan mis dedos en el proceso. Pensé, y dije después, que desnudarme delante de ti no era ser infiel... Y tú, cómplice, no dijiste nada.

Sacar el otro brazo y dejar caer el vestido a mis pies, para mostrarte la lencería que en mi intimidad para ti había comprado, fantaseando con algún día poder mostrarte. Negras braguitas de topitos blancos; sujetador a juego con el escote engalanado en encaje, desdibujando la línea del busto abultado. Separar las piernas para que las braguitas se hundan en mi raja y quede la mayor porción de nalga expuesta a tus ojos malditos.

Inclinarme para mejorar mis vistas, y para verte devorarme a su vez...

Que te abras la bragueta en dos movimientos puede que tampoco sea ser infiel...

Y ver tu polla tiesa entre tus dedos supongo que tampoco. Esbelta, tersa, con el capullo rosado, hinchado y babeante. Saber que si no hubiera un anillo en mi mano esa verga estaría ahora recorriendo mis entrañas calientes. Eso es aún más excitante. Ojalá las ataduras y los juramentos desaparecieran tan convenientemente como se puede esconder por unas horas un anillo en el bolsillo de una chaqueta... ¡Qué digo unas horas, unos simples minutos! No me hace falta para saciar la sed que me atormenta la garganta más que unos cortos y maravillosos minutos, entregada a los placeres de tu carne traviesa.

Tu mano aferrando tu polla, y el brillo de un anillo en uno de tus robustos dedos. Ese anillo ahora se frota contra la piel endurecida por el morbo que te ofrece mi cuerpo, y no puedo evitar imaginarme el momento en el que tu esposa lo puso allí, vestida de blanco, tal vez sin haberte separado todavía las piernas para que pudieras olerla.

Me encanta observar el oro rozarse con tu polla, haciéndola tan prohibida…

Puede que tampoco sea considerado infidelidad apartar un poco las bragas para enseñarte mi coñito rasurado y mojado…

Y al hacerlo comprendo que el hecho de que te masturbes mirando como muevo la tela negra sobre mi entrepierna, estimulando mis zonas nobles, no puede ser tan malo… ¡Cómo va a ser malo si me está gustando tanto! Esto no es ser infiel, es disfrutar de mi imaginación mientras hay un hombre que hace lo mismo con la suya. Ahora, en tu cabeza, me la estás metiendo fuerte… Lo sé, lo intuyo… En esa misma postura, por detrás, apartando las braguitas a un lado para que tu verga se empotre contra el fondo que te ofrezco, una y otra vez… La siento menearse en mi interior como si en verdad lo hiciera. Deliciosa plenitud contra la que apretarse mientras me torturo el clítoris con la yema de los dedos a través de la tela de las braguitas elegidas.

No, definitivamente verte masturbar no puede ser serle infiel a mi marido. No te estoy tocando…

Ver como te la machacas con la mano cerrada contra la carne dura es lo más excitante que he hecho en años. Tu imagen empalmada mientras te muerdes los labios y me clavas los ojos en las nalgas como harían tus dedos si te estuviera permitido me tiene tremendamente mojada. ¡Maldita moralidad la tuya! Horrible sensación de impotencia al saber que si me acerco un poco más a ti huirás con la polla tiesa a medio meter en la bragueta, a la carrera.

O tal vez no…

Invitarte a que entres… Invitarte solamente a tocarme.

Me acuesto en la cama boca abajo y separo las piernas. El dormitorio de la casa de tu amigo es tan impersonal como puede ser cualquier otro de un hombre que sólo lo usa para follar. Esa etapa la pasamos ambos hace ya más de una década, cuando éramos jóvenes y pensábamos que comerse el mundo incluía comerle el sexo al menos a una pareja distinta cada semana. Las cosas se complicaron con el paso de los años, y se desdibujaron los deseos en pos de una estabilidad tan efímera que cuando nos quisimos dar cuenta lo único que quedaba para sustentar nuestra realidad era el puñetero anillo en el dedo indicado.

Anillo de condena. Anillo de castigo.

Aun así, impersonal y todo, la cama es cómoda y amplia. Una pena que los dos seamos fieles a nuestras parejas, y no te animes a tumbarte a mi lado, o sobre mí, como deseo tanto.

Aunque esté boca abajo puedes ver mis dedos entrar y salir de mi coño, y escuchar el chapoteo. De eso estoy segura, porque yo lo escucho y sé que se te sigue endureciendo, ya que te veo a través del espejo que hay al lado de la cama. Me miras tocarme, te miro yo hacerlo… Y me excito con la idea de que me poseas y me retuerzo por ello entre las sábanas de la cama. Te enseño mi anillo de casada… juego con él mientras lo deslizo de mi dedo y enmarco mi clítoris con él para hacerme sentir más atada a algo que ahora mismo no comprendo. El anillo cae a la cama con el juego, y tú lo observas entre mis piernas, depositado en las sábanas de tu amigo.

¿Gemir pensando en otro es ser infiel? Porque estoy gimiendo…

Empiezo a no ver la línea y me doy cuenta de que no me molesta tanto.

Pero, sobre todo, te escucho gemir.

Me estremezco al verte temblar a mi lado, ya que te has acercado a la cama. Estás parado a un lado, con la verga en la mano, dura como una roca. Me duele el cuerpo de la impotencia, me duele el alma por la falta de contacto y el coño porque está vacío… Y me duele el dedo porque he perdido el anillo. Aun así estoy tan excitada que no puedo contenerme, y me pregunto si un avance más será posible estando tan cerca tu cuerpo del mío.

— ¿Se puede considerar infidelidad ofrecerte mi culo para que lo huelas?

Te he herido de muerte, y lo sabes…

Elevo las nalgas, hinco las rodillas en la cama, y te ofrendo mi culo… tal como siempre quisiste.

Sé que estás a punto de caer, y no sé si podré sostenerte. Provocarte hasta ese extremo ha sido peligroso, pero sabía que no podía dejar de ofrecerte mi olor, con lo que sé que lo deseas. Tal vez, sólo tal vez, sea miedo lo que brilla en mis ojos, a la vez que deseo. Pero tú te inclinas con toda tu mala leche, y dices, con tu rostro junto a mi culo, que si no hay roce, no hay pecado…

Y tus palabras retumban en mi cuerpo mientras te escucho olerme, aspirando fuertemente mi aroma. Y pareces satisfecho, porque la polla, tan dura como la llevas, ha empezado a babearte, con un brillo delicioso que estoy deseando llevarme a la boca. Estoy segura de que te falta poco para eyacular encima de mí. Algo, por otro lado, que nunca creímos que fuera a llegar a ser posible.

Aún recuerdo tus primeras palabras cuando nos conocimos. Eras de esas personas con las que te encuentras en el mundo, de vez en cuando, y piensas que conocías de toda la vida. Un hombre resuelto, pícaro y decidido, que hacía que lo miraras de arriba abajo mientras te lo cruzabas en el supermercado… y mientras te recorría él a ti, también, de arriba abajo. Ahora, medio desnudo a mi lado, poco te parecías a ese hombre que me hizo volver la cabeza mientras tú volvías la tuya, y soltabas con gran desparpajo una frase que me acompañó durante muchos días… y muchísimas más noches.

— Si quieres te doy mi número de teléfono—, me habías

comentado, antes de seguir cogiendo un bote de tomate frito para ponerlo en tu carro, justo con los pañales de recién nacido.

— Si quieres te doy yo el mío…

En mi cesta de la compra iba amontonando poco más que un par de cosas para los rápidos desayunos antes de salir al trabajo, ya que pasaba la mayor parte de mi tiempo fuera de casa, al igual que mi marido.

Y aquella noche, cuando ya el sueño me vencía, la ocurrencia de intercambiarnos los números escritos en sendos botes de mahonesa hizo que mi vida cambiara.

Aún estaba por verse si para mejor…

— Sexo telefónico no se considera infidelidad, ¿no?
— Depende… — te había contestado yo—. Si es sólo decirme qué me harías o si te tocas mientras lo haces…
— ¿Y qué diferencia habría, si no es a ti a quien mis manos tocan?
— ¿Y a quién tocarías, a tu esposa?

La idea te había encantado. Follarme por teléfono mientras te imaginabas haciéndole lo mismo a tu esposa había resultado ser una fantasía de lo más excitante para ambos. Cosas que no te habías atrevido a hacerle nunca salían de tu boca perversa y me calentaban el cuerpo, mientras me retorcía en la cama imaginando que estaba mi marido conmigo, haciéndome lo mismo. Tardé mucho en llevar mi mano a mi entrepierna, pero cuando lo hice no pude entender por qué había tardado tanto. Por fin conseguiste que me escondiera bajo las sábanas, con la luz apagada, para correrme con tu boca traviesa. Mi marido trabajaba tantas noches…

No, había pensado entonces. Masturbarme con tu voz no es ser infiel…

Follar con nuestros respectivos luego, con los olores despertados en los sexos por el otro, tampoco. Escucharte decirle a tu esposa las cosas que me habías dicho a mí, dejando el móvil encendido en la mesilla de noche mientras la follabas al otro lado de la ciudad fue lo siguiente. Escucharte gemir por lo que ella te hacía, aunque fuera pensando en mi coño y mi boca, me excitaba.

Y yo… seguía preguntándome… ¿Estoy siendo infiel al escucharte?

Follar con mi marido haciendo lo mismo… Llamarlo como a ti te gustaba que te llamara. Gemir para que me oyeras, hacerlo correr de forma sonora para que lo disfrutaras tú desde el otro lado de la línea telefónica. Ponerle tu cara y tus gestos… ponerle tu morbo y tus actos. Follarte a ti estando con él, dejarme joder por ti en el cuerpo de tu mujer…

¿Fue eso convertirnos en infieles?

Dormir, extenuados, a tantos kilómetros el uno del otro, y sin embargo, con las mentes en el mismo lugar…

Simplemente fantasear. Desearnos. Morir por el otro.

Ahora… después de tantas noches haciendo el infiel sin serlo a nuestros ojos; ahora, que tu polla está tan cerca, tu boca tan dispuesta junto a mi culo, y tus manos se contienen por algo que creo que es más deseo de continuar con el morbo que por el motivo de sentirte atado por una boda. Ahora mi carne tiembla por la espera, sin ver hacia dónde se inclinará la balanza.

— Cabrona. Puta y jodida cabrona…

El punto justo. Ese en el que sé que ya no puedes estar más cachondo. Después de más de un año de sexo telefónico había llegado a conocerte bien. Ese momento de inflexión ha llegado. Tus palabras han despertado en mí el orgasmo que tanto necesitaba. Me retuerzo sobre las sábanas a la vez que el calor me hacer perder la poca cordura que queda en mi alma.

Correrme contigo al lado, por lo que me haces sentir, ¿es ser infiel?

Me doy la vuelta y quedo tumbada hacia arriba. Me deleito con la imagen de tu cuerpo ardiente y a punto de correrse. La primera vez que lo veo de cerca, y no por vídeo… la primera vez que te puedo rozar la polla con la punta de los dedos y llevármela a la boca. Sentir la leche salpicarme el cuerpo, elegir el lugar donde vas a ensuciarme. ¡Tantas posibilidades! Verte sujetar ahora la punta a la espera, escuchar tus gemidos, notar cómo te tiembla la mano.

Y por algún motivo que no consigo entender, cierro los ojos.

Tu leche se derrama en mi abdomen. Plácidos chorros que caen alrededor de mi ombligo, y me calientan la piel, me corren por una de las caderas y la cintura.

Tu semen derramado en mi cuerpo por primera vez.

¿Y esto, será ser infiel?

Me da miedo que la pregunta haya llegado a mi mente justo cuando ya no se puede hacer nada, pero lo cierto es que no me siento más adultera que antes de entrar en el cuarto. ¿Dónde estaba la línea, entonces? ¿Dónde dejó de ser una fantasía?

¿O sigue siéndolo?

> — Yo no he sido infiel—, comentas mirando la corrida en mi abdomen. Estás tan seguro de lo que dices que me preocupa ser entonces yo la única que ha pecado, o que se siente pecadora.

Recojo con dos yemas de los dedos unas gotas de tu esperma y uno de ellos me lo llevo a la boca. Pruebo tu sabor y mi lengua se funde con la esencia de tu adulterio, aunque no quieras reconocerlo. Mi saliva envuelve el dedo mientras esa gota deliciosa me desaparece en la garganta. Luego me incorporo, y metiendo varios en mi entrepierna, impregno el que antes estuvo jugando con mi lengua. Lo que me ha mojado los labios bajos con tus palabras y tu imagen ahora resbala por el interior de los muslos, y quiero entregártelo. Si tú no has sido infiel, yo lo he sido… No sé si al dejarte verme, al dejarte correr encima o al iniciar el juego en el que te deseaba. O al escribir mi número de teléfono en ese estúpido bote en el supermercado. Sólo sé que el anillo aún está en la cama y que mi cuerpo brilla por culpa de tu esperma. Si no me has deseado hasta el punto de perder la cabeza al olerme el culo y llamarme cabrona eso ya es un asunto tuyo.

Para mí, soy adúltera...

Para mí... eres adúltero.

Ahora, mientras me miras hacerlo sabes que te toca, y que al final, quieras o no quieras, vas a saborearme. Te entrego ambos dedos... uno con semen y el otro con los fluidos de mi boca y mi coño. Los dejo justo sobre tus labios, en el primer contacto entre tu piel y la mía, cuando tan cerca hemos estado el uno del otro tantas veces... sin atrevernos a dar el paso. Y allí esperan hasta que con lengua dubitativa los envuelves y los llevas al interior de tu boca. Allí me pruebas por vez primera también, y siento que se te pone otra vez tiesa ante la perversión que se te ha ido de las manos...

— Ahora eres infiel...

FANTASÍA II

Algunas veces me traigo un libro al parque. No es que lea mucho, ya que me entretengo demasiado con las pequeñas cosas cotidianas que pasan entre sus bancos, sobre la hierba, o en las zonas deportivas. Voy cambiando de sitio, como imaginas, según la temporada. En invierno, antes de que aparezca la nieve, la zona más agradable suele ser la terraza de la cafetería, con un chocolate humeante sobre la mesa, y un buen libro en el regazo.

Aunque no lea en todo el rato, es cierto que un libro a la altura de los ojos te proporciona cierta intimidad a la hora de observar a los demás.

Esa tarde, mientras mi perrita rebuscaba entre las migas que las palomas aún no habían encontrado, localicé a una mujer haciendo lo mismo que yo.

Observaba.

Iba provocativamente vestida, con un conjunto que para mí hubiera querido, si tuviera dinero para pagarlo. Tomaba algo caliente, y tenía un libro en la mesa, que no leía. Una pequeña maleta la acompañaba en la silla de al lado. Un viaje de fin de semana, imaginé por el día y lo escueto del equipaje. Estaría esperando al taxi que la dejara en el aeropuerto, para disfrutar un rato de la sala vip y posteriormente embarcar en primera hacia un destino con el que yo únicamente podía soñar.

Pero soñar se me daba muy bien.

Entre tanto, unos cuantos papeles pasaban de una mano a otra, también de forma distraída. Parecía que se los sabía de memoria y no le aportaban nada nuevo. ¿Por qué no guardarlos, entonces? Un sorbo de la taza, y una ojeada rápida a un folio, encabezado por una fotografía. ¿Currículum? ¿Pertenecía al departamento de contratación de alguna empresa?

Debía ser muy interesante entrevistar candidatos, mirarlos a los ojos y averiguar si darán la talla para... el trabajo requerido.

Y el trabajo requerido no podía ser otro que estar enterrado entre sus piernas.

¿En qué habría que fijarse? En la presencia, por supuesto. Nadie se acercaba a nadie con esa intención si no se sentía atraída. En la soltura al hablar, sin duda. A las mujeres, sobre todo, había que ganárselas en las distancias cortas, y con una muy buena conversación. En lo resolutivo que podía ser, pues claro. Siempre había que estar preparados por si se resistía alguna de las prenda de ropa, imposibles de quitar. Que se le diera bien trabajar en equipo... bueno, siempre que nos gustaran las orgías...

Pero, ¿no estaba pensando hacía nada en entrevistas de trabajo? Elegir al compañero sexual, muchas veces, podía parecérsele. Si no, no estaría la barra de los pubs de ligue llenos de tíos haciéndose el interesante, y nosotras no pensaríamos, en base a lo que nos resultara más excitante, que con aquel del fondo nos iríamos a la cama. Si tenía que elegir yo, desde luego, elegiría para hablar primero al que llevara guantes y me estuviera ocultando sus manos...

Me perdían las manos masculinas. Las imaginaba en todo acto púdico o impúdico, y siempre acababa de la misma forma. Deseando meter esos dedos en mi boca.

Sí. Aquella mujer podía ir a entrevistar a candidatos serios para puestos importantes y de responsabilidad de una gran empresa. Sin embargo, a mí me apetecía que fuera a elegir... otra cosa.

Si es que, al final, mi mente siempre volvía a pecar.

Acabo de llegar a la terminal del aeropuerto. Llevo poco equipaje, lo imprescindible para pasar dos noches en una ciudad nueva… pero tal vez demasiado debido a las circunstancias.

Y las circunstancias son que no tengo ni puñetera idea de lo que voy a hacer el fin de semana en esta maldita ciudad. Rectifico, sé perfectamente lo que quiero hacer, y sé que para ello necesito muy poca ropa. Lo que no tengo nada claro es con quién voy a hacerlo.

Pero he de decidirlo pronto, porque siento que todo el mundo me está mirando. Y porque alguno de los cuatro hombres que me observa fijamente, cada uno con un libro diferente, pero bien expuesto para que la portada sea de fácil acceso para mí, puede ser el que tome la iniciativa.

Y en ese momento elijo yo.

He pasado por un tormentoso divorcio hace unos meses. Mi marido se ha quedado con casi todo, incluso con nuestro perro, al que realmente echo mucho de menos. El resto de las pertenencias… bueno. Todo es reemplazable en esta vida. Y sin abandonar mis vestidos de marca y mi lencería fina, decidí que iba a poner tierra de por medio. Nuevo apartamento, nuevo puesto de trabajo en una ciudad nueva.

Pero no ésta. Aquí… solamente vengo a pasar un fin de semana.

Y a follar, como no.

No es que no hubiera follado mucho en mi matrimonio, ni que hubiera dejado de hacerlo tras mi separación. En verdad no podía quejarme de la cantidad ni de la calidad del sexo del que había disfrutado casi toda mi vida. De lo que sí podía quejarme era de la conversación de antes, y sobre todo, de las gilipolleces de los hombres después.

El más gilipollas, por supuesto, había sido mi marido. El muy capullo seguía llamándome de vez en cuando, a pesar de haberme dejado prácticamente sin blanca y sin estabilidad de ningún tipo. Podía imaginar que deseaba volver a arrancarme con los dientes la lencería que ahora escogía para sacarme fotos picantes, que luego colgaba con gran soltura en mis perfiles de las redes sociales. Que te desee aún tu ex, después de todo, había días que a una le subía mucho la moral. Sobre todo cuando tu nuevo jefe se creía que por ser tal tenía derecho a solicitar, y que le aceptara, una de las invitaciones a una sauna que había tres calles más abajo saliendo de la oficina.

A él también lo había metido en mi círculo de amigos en el Facebook, y también le gustaban mis fotos.

Gilipollas. Todos gilipollas.

Me apunté a una de esas páginas web para conocer gente hace un par de meses. De primeras, pensé en comerme el mundo y salir con todos los tíos que me lo propusieran. Alguno de ellos, probablemente, acabaría gustándome, y no quería que se me escapara la oportunidad de tener buenos ratos mientras esperaba al hombre perfecto. Porque, aunque hubiera tenido un primer fracaso matrimonial, no renunciaba a volver a tener a un hombre comprensivo, atento y buen amante a mi lado. Pero las citas fueron casi siempre malas... o muy malas. Las conversaciones se hicieron pobres en la mayoría de los casos, los tíos no sabían lo que querían, y yo tenía las cosas muy claras. Quería pasarlo bien en principio y olvidar los malos ratos, y ellos no sabían si buscaban en mí una amiga, un polvo rápido o una pareja estable.

De esas opciones... lo que menos sé ser es una amiga.

Dos meses más tarde, y tras darme cuenta de que los perfiles de los hombres con los que me citaban no se acercaban ni mucho menos a la realidad... decidí cambiar de táctica.

Y allí estaba yo, a la aventura. Sabiendo que ese fin de semana solamente quería sexo.

Lo que había que averiguar era qué tipo de sexo me apetecía tener.

Por ello, me había alejado de mi cuidad, para evitar luego caer en la tentación de repetir de forma sistemática. Ya que lo que buscaba era sexo, lo podía encontrar en cualquier sitio. Pero mejor no acostarse con un vecino, o con un compañero de trabajo... por si las moscas.

Nunca sabías si te ibas a tener que esconder de tu compañero de despacho tras una planta porque fuera el peor amante de la historia, para evitar que volviera a pedirte una cita, o tal vez te invitara directamente a pasar por su cama como si tal cosa.

Y allí estaban ellos. Cuatro hombres de los cuales sólo conocía las mentiras que contaban en sus perfiles, y que no ponían una foto a rostro descubierto en la web ni aunque se la cambiaras tú por una de tu coño bien abierto y mojado.

¡Hombres!

Los estaba identificando ahora por los títulos de los libros que portaban. Eran tan diferentes entre sí que me había parecido gracioso decidir en el último momento con cual me apetecería perderme ese fin de semana. Dependía, sin duda alguna, del humor que tuviera al bajarme del avión. Y mi humor en ese momento era magnífico. Me sentía poderosa, deseada, y una gran hija de puta.

Me follaría a uno de esos cuatro... y los otros tres se quedarían sin saber por qué nunca di señales de vida. O tal vez los reuniera en otro fin de semana, siendo sólo tres... para poder volver a elegir. ¿Quién podía decirlo?

Allí estaban ellos. Los libros, y los lectores.

Crepúsculo, para el romántico. Una putada como otra cualquiera. Ningún hombre se atrevería a portar ese libro en público si podía evitarlo. Pero el romántico no había podido negarse.

50 sombras de Grey, para el dominante. Desde mi punto de vista, más putada aún para éste. Decir que ese libro tenía algo que ver con la dominación era como desafiar a la ley que dice que si se te cae la tostada con mantequilla al suelo, lamerás la mantequilla con pelos de

gato si tienes uno en casa. Siempre cae hacia abajo, y el libro era una patraña de principio a fin.

Las edades de Lulú, para el vicioso. Ese libro me había gustado mucho en su momento. Pero era verdad que su momento había sido a los 18 años, y hacía muchos años de eso. Aun así, creía que en comparación su lector había tenido suerte.

El ocho… para el que no comprendía. Ese hombre era un enigma. Y yo estaba empezando a jugar al ajedrez… y tampoco entendía mucho más del juego que mover las piezas sobre el maldito tablero. Lo de la estrategia lo dejaba para mi profesor, que cada día me daba jaque y me pedía una cita por si yo llegaba a caer. Por hacer cosas nuevas en la vida. Era el único libro que no me había leído

¿Qué tipo de sexo quería yo hoy?

Al levantarme por la mañana y elegir la ropa que llevaría ese día al trabajo ya empecé a apuntar mis preferencias. Me sentía… una chica mala. Un vestido negro, corto y escotado, nada apropiado para el tipo de puesto que estaba desempeñando en la actualidad y que había hecho las delicias de mi jefe y del resto del personal de la planta. Un vestido que, tras terminar mi jornada laboral había complementado con un par de accesorios del todo llamativos, para que ninguno de los lectores pudiera dejar de desearme aquella tarde. Iba a pasar un par de horas en un atestado avión con rumbo a una ciudad cálida, de hombres fogosos y pollas más que dispuestas a darme lo que me hacía falta.

Por lo tanto, y por muy mono que me resultara ahora mismo Carlos, el romántico del libro de Crepúsculo, estaba casi convencida de que no sería mi elección de hoy. Aun así, traté de imaginarme la velada con él. Un ratito en la barra de algún bar con mucho olor a madera, esperando a que nos prepararan la mesa para cenar algún tipo de verdura ligera aderezado con foie, acompañada de un buen vino. Velas a diferentes alturas, miradas caídas esquivando ser directa… y sus dedos extendidos sobre el blanco mantel, buscando el contacto con mi mano. Un beso robado a la salida del restaurante, esperando el taxi.

Su mano tras mi nuca, atrayendo mi boca a la suya. La otra mano... perdida en mi cintura, deseando bajar hasta mis nalgas, pero sin dar el paso. Ojos cerrados de ambos...

¿Qué podía tener de malo dejarme conducir hasta la habitación del hotel, perfumada para la ocasión, donde me esperaría un baño de agua tibia, una cama con dosel y un hombre que me desvestiría con mimo, acariciando mi piel anhelante de las manos masculinas? Dejarme caer sobre las sábanas de seda, permitirle cubrir mi cuerpo con el suyo, y separar las piernas lo justo para que sus caderas se frotaran contra mi vulva enrojecida por el deseo. Allí donde necesitaba su plenitud acabaría entrando, suavemente, en profundidad... haciendo que notara la dureza de su miembro henchido y caliente, presionando, mientras su boca se perdía en la mía, y sus manos entrelazaban los dedos en mi pelo. Sentirle frotarse contra mí, jadear necesitando su apremio... y explorar a su alrededor al notar que estallaba dentro de mí, muy al fondo, llenándome...

Sexo romántico en semipenumbra...

¿Me correría yo así, después de tanto tiempo sin practicar sexo ligero?

La verdad es que Carlos había resultado ser bastante guapo. Si no fuera que no me apetece que intenten enamorarme...

Voy vestida para que me follen. Para que me acorralen en el ascensor del aeropuerto, me obliguen a inclinarme de espalda ofreciendo el trasero y me empotren contra el espejo, sintiendo una enorme polla entrar y salir, dilatando las paredes de mi coño, haciéndome gemir mirando mi imagen... y su rostro contraído por el morbo de poseerme sin más, disfrutando de la humedad y estrechez de mi entrepierna.

Me despido mentalmente de Carlos pensando que, tal vez en otro viaje, pueda dejarme acariciar a la luz de la luna por los pétalos de rosas que me había prometido. Pero esta noche... no.

No me interesaba lo que me había prometido el romántico.

Me quedan tres. ¿Y qué me habían prometido estos salidos? ¡Ah! Ya...

Orgasmos.

Vamos a analizar esas caritas, a ver qué lengua es la que más me apetece que se pierda entre mis pliegues...

Iván, el que tiene el libro de las 50 Sombras De Grey, me mira con bastante curiosidad. Es rubio, alto, y con una figura esbelta y atlética. Tiene unos ojos profundos, pero en verdad no esconden nada. Me atará a la cama, dejándome la piel marcada por la cuerda y la palma de sus manos. Lo imaginé en su momento azotándome las nalgas, calentando mi piel antes de aferrar mis piernas para separarlas y hundirse dentro. Lo imaginé pellizcando mis pezones, tirándome del pelo para que abriera la boca y aceptara su beso, y llamándome zorra, exigiendo que gimiera para él. Quería una chica a la que dominar, a la que golpear con la punta de la verga en la comisura de la boca mientras la aferraba de los cabellos; una mujer contra la que restregar la polla para derramarse en su cara, jadeando con los dientes apretados y los ojos bien abiertos, reteniendo la imagen en la memoria. Ver los chorretones de leche resbalar por las mejillas hasta los labios entreabiertos, exigiendo que la voz femenina suplicara por la leche salpicando el rostro. Y en un último empellón meter la polla en su boca hasta el fondo, cortando el aire, para que se la limpiaran...

El típico tío que se piensa que el bondage son un par de nudos, y que nunca disfrutará de las delicias de vestir a una mujer con una soga, tensando y acariciando, para luego suspenderla y sodomizarla.

El típico tío que pensaba que el Amo era el que mandaba, y no que la sumisa era la que tenía el poder...

Iván quería someterme... pero para eso ya había tenido yo un marido, que me usó todas las veces que le dio la gana, llamándome su zorrita. Probablemente disfrutaría otra vez del sexo pasivo, de un hombre que me abriera el culo de un empujón contra el cabecero de la cama, y que me dejara sin correr varias horas, mientras jugaba con mi cuerpo tembloroso por la excitación y la impotencia.

Un hombre que me hiciera rogar...

Pero aquella noche no iba a ser la noche. Ni Iván tenía pinta de buen dominador... ni el libro que tenía en las manos era un buen libro de dominación. Si él fuera verdaderamente un hombre dominante nunca se habría dejado identificar con aquel libro. Curioso, sin duda, que los hombres tuvieran tan buena imagen de sí mismos...

Éste se las daba de Amo, pero al final era un sumiso capaz de dejarse dominar por la mujer para conseguir un coñito caliente que recibiera su polla tiesa. Decepcionante...

Quedaban dos.

¿Cuánto tiempo llevaba allí parada, observando? Empezaba a ser bastante incómodo para todos. A mi espalda, el resto de pasajeros sigue saliendo por la puerta, reencontrándose con sus seres queridos. Saco de mi bolso el teléfono móvil y simulo que hago una llamada. Sin duda, con eso ganaré algunos minutos, pero no demasiados. Me alegra no haber mandado nunca una foto de mi rostro a esa web. El juego habría tenido poco sentido.

Y yo me estaba divirtiendo mucho.

Las edades de Lulú...

José era de los hombres que disfrutaban con casi todo. Con las extensas conversaciones que habíamos mantenido por correo electrónico podía llegar a decir que era, sin duda, mi pareja ideal para ese fin de semana. Lo conocía mejor que a cualquiera de los otros. Me había divertido mucho con él, masturbándonos por cam, mientras en las pantallas de ambos sólo se enfocaban nuestros sexos ardientes y húmedos. Me gustaba su voz, varonil y aterciopelada, y me lo imaginaba susurrando palabras suaves y dulces mientras me sujetaba la cabeza para que un tercero me follara con fuerza la boca. Muchas veces me había dormido con la sensación de sus manos a ambos lados de mi rostro, y sus palabras de aliento complacido por verme disfrutar, mientras los ojos, llenos de lágrimas por el esfuerzo de acoger toda la polla entre los labios, lo miraban con perversión.

José me había prometido sexo y desenfreno. Tríos, orgías, mi cuerpo bañado en leche de varios hombres, pollas muy hinchadas turnándose para follarme. Me había prometido masturbarse para mí mientras yo gozaba de otros hombres. Me encantaba la idea de fijar mis ojos en sus manos, que tantas veces había visto por cam aferradas a su polla dura, y verlo subir y bajar sobre ella, dándose placer, disfrutando de la visión de mi cuerpo desnudo y poseído por dos o tres vergas al tiempo.

Nunca había follado con más de dos tíos a la vez. Mi marido una vez me propuso un trío, y yo había aceptado por no llevarle la contraria. Había sido una situación excitante, sin duda… pero yo no estaba preparada para ella, y al final me había cortado bastante tener la polla de otro hombre en la boca mientras él me follaba salvajemente el culo. Me había costado correrme, por miedo a que él se disgustara pensando que me había excitado más el tamaño de la otra polla que el de la suya. Al fin y al cabo, nuestra relación empezaba a hacer aguas, y no sabía ya lo que acabaría provocando una discusión entre los dos. Aquella vez, sin embargo, no acabamos peleados, pero yo había tenido reparos durante todo el tiempo, y me habría gustado mucho haberlo disfrutado con libertad. Por ello, ahora… me llamaba tanto la proposición de José.

Me había confesado que tenía un par de primos muy bien dotados con los que solía montar fiestecillas privadas en el apartamento de uno de ellos. Me había prometido una cena muy intensa para los cuatro en algún local de tapas rápidas, con bastante alcohol en la mesa y mucho morbo en las palabras. Quería hacerme sentir una reina, adorada por los tres pares de ojos masculinos, ocupados por no perderse detalle de la amplitud de mi escote. Le encantaba la idea de fantasear durante la cena entre los cuatro, verbalizando las opciones de posturas que podíamos adoptar para darnos placer entre todos. Mirarme a los ojos y verme ruborizar mientras me explicaba cómo restregaría su polla sobre mis pechos mientras uno de sus familiares me follaría el coño muy lentamente, y yo masturbaría al tercero con una mano. ¡Había tantas posibilidades!

Sentir las manos de varios desconocidos deslizarse bajo la minifalda de mi vestido, entre el gentío que abarrotaría el local de copas, y disfrutar de los dedos recorriendo la humedad despertada. Intercambiar miradas, sin tener muy claro si los dedos que me torturaban el clítoris eran del de la izquierda o del de la derecha... y sin poder identificar tampoco al que había inundado mi vagina con un par de ellos, gruesos y rudos.

¿Podría yo con tres pollas?

Había, seguramente, pocas mujeres que tuvieran que hacerse esa pregunta en un aeropuerto. No temía que al final pudiera dolerme alguna de las embestidas, o que uno de los primos no me resultara atractivo y me diera asco que me metiera su enorme, según José, polla en la boca. Me preocupaba más el hecho de la desorganización, que al final fuera un caos de miembros que no conseguían moverse de forma coordinada para que yo pudiera, por fin, correrme a gusto mientras era usada a placer por aquellos pervertidos.

Porque, sin duda... quería correrme.

No, no iba a salir mal. Si tenía que fiarme de algo, me fiaría de que José había hecho ya unos cuantos tríos, y no de que trabajara de buzo recuperando objetos perdidos por el gobierno en aguas internacionales. ¡Menudo trabajo! Antes me creería que estaba seguro que podía darme un orgasmo con sólo soplar sobre mis pliegues ardientes.

Sexo y desenfreno. En verdad creía que aquella iba a ser una noche memorable. Tenía muchas ganas de volver a sentirme como imaginé que iba a ser aquel primer trío con mi marido... Ritmo, cadencia, mientras cada uno de los participantes se introducía en mi cuerpo, profundamente, dejándome sin opción de movimientos.

Pero mi vista se iba hacia el libro de El ocho.

Julio.

No tenía ni puñetera idea de lo que le iba. Siempre que le había introducido el tema sexual en la conversación me esquivaba de forma sutil pero contundente. No iba a hablar de sexo conmigo sino cara a cara. El correo electrónico no le parecía para nada adecuado. No conseguí un solo dato de él. Si era romántico o su sexo era brutal y rápido. No podía saber si me follaría hasta dejarme agotada o por el contrario me mantendría a raya, haciéndose desear.

Si le iban los hombres o las mujeres. Si se dejaba los calcetines en la cama, o si se la ponía dura que le metiera un par de dedos en el culo mientras me la introducía hasta el fondo en la boca. Si era de los que follaban en la calle para que otros pudieran verlo bombear contra unas piernas abiertas subidas en unas cajas de madera amontonadas en el puerto. O si le ponían escuchar porno y ver a un actor escupiendo sobre el agujero dilatado del culo de una rubia mientras él hacía lo propio sobre el agujero que se follaba en ese momento, aferrando las nalgas y separándolas para ver su verga entrar y salir con todo lujo de detalles, brillante y a punto de llenarla de leche espesa y caliente.

No sabía nada de él.

Economista, cáncer, conducía un Audi. Estaba rapado al cero, seguía llevando gafas oscuras aun dentro del aeropuerto y portaba el libro con una sola mano, mientras que la otra la tenía metida dentro del bolsillo de la chaqueta de pana azul oscuro.

La otra mano estaba cubierta por un guante de ante marrón.

Me moría por ver esas manos…

No sabía nada de él. Y eso era, simplemente, un mundo de posibilidades…

La orgía tendría que esperar. No sabía si acabaría follando esa noche, o la siguiente… o si tendría el coño caliente y mojado sin consuelo durante las cuarenta y ocho horas que iba a durar ese viaje. Pero sabía que aquella mañana me había vestido para Julio, y había estado pensando en él en el avión, aunque no quisiera reconocerlo.

Lo deseaba…

Con suerte… mancharía la tapicería de su coche antes de salir del aeropuerto. O, en el peor de los casos, pasaría luego el viaje de vuelta en el avión metida en el baño con un enorme consolador follándome el coño, desesperada por correrme.

— ¿Julio?

Parece que he conseguido sorprenderlo. De los cuatro tíos, es el único que no me había mirado más de dos veces seguidas. Aunque… ¿quién sabe? Podría haber cualquier cosa debajo de esas gafas oscuras… incluso unos ojos que no me hubieran quitado la vista de encima en todo el tiempo desde que salí por la puerta acristalada…

Unos ojos que se hubieran distraído pensando en follarme de mil maneras posibles. Pero, desgraciadamente, no se podía follar mil veces en un fin de semana. Tendría que contentarme con ocho o diez a lo sumo. No iba a permitirle rebajar esa cifra. Después de todo, una no hacía un viaje de cuatro horas sentada en turista y pagando a precio de primera clase para pasar la noche jugando al ajedrez. Para eso ya tenía a mi profesor… que me pedía una cita todos los días, cada vez que me daba jaque.

FANTASÍA III

El camino de tierra hacía una curva unas decenas de metros más adelante. De estar a pleno sol, pasaba a ocultarse tras una arboleda con ramas muy altas, frondosas y agradables. Por allí, desde que me había sentado en mi banco, había pasado la muchacha ya tres veces.

Y tres veces el mismo tío la había seguido con la mirada, descaradamente.

Ella lo miraba y lo saludaba sutilmente cada vez que pasaba a su lado. El chico estaba apoyado en un tronco, al inicio del pasadizo verde. Llevaba gafas grandes y una bandolera a un lado. Ropa informal, nada llamativa. Más bien sobrio, como si quisiera aparentar más edad de la que en verdad tenía. Mordisqueaba una barrita de cereales cada vez que la muchacha se escapaba de su campo de visión, como si no quisiera que ella lo viera en comportamientos más humanos. Cuando pasaba a su lado, sin embargo, cruzaba los brazos sobre el pecho, y con semblante serio se disponía a seguirla, girando la cabeza, dejando claro que estaba allí única y exclusivamente para observarla correr.

Y ella seguía corriendo, tras inclinar la cabeza a modo de escueto saludo.

Él estaba empalmado. Siempre. No sólo cuando ella pasaba.

Le excitaba estar allí, observando, haciéndose patente.

Y ella lo sabía, porque lo miraba y se le notaba. E imagino que le gustaba... porque no cambiaba de ruta.

Podían ser conocidos del instituto, que trabajaran juntos en el mismo edificio, o que vivieran en el mismo barrio. Ella aceptaba que él la observara, y él parecía complacido de saberse con el permiso de

33

hacerlo.

La deseaba hasta el punto de pasar las tardes sin otro pasatiempo que ella, en la distancia, captando el aroma a sudor por el ejercicio, tras cada vuelta en el parque. La camiseta se iba mojando más con el transcurrir de los minutos, y se marcaba bajo sus pechos, generosos, cubiertos por la fina tela elástica de la prenda. Deseaba sus pechos y su boca entreabierta, esa que buscaba aire de forma agitada mientras durara la carrera.

O mientras tenía sexo con un desconocido.

Ella, que podía simplemente poner fin a aquello volviendo a casa por otro lado... volvía a su encuentro. Y es que hay pocas cosas más agradables para una mujer que sentirse deseada hasta ese punto en el que se pierde la vergüenza y la compostura, aunque se quiera parecer correcto.

Una polla dura en el parque no era nada correcto...

Y deseaba que siguiera así. Viril y hechizada por ella.

En aquel punto, había pensado yo, lo normal habría sido que ella se parara, que él se presentara, y que ambos acabaran la sesión de ejercicio de una forma algo más íntima.

Pero los voyeur, y los exhibicionistas, prolongan el placer con el hecho de observar y ser observados.

Allí llegaba otra vez, y él se ponía en posición. Rostro serio, con las gafas muy altas sobre el puente de la nariz. Labios rectos, casi sin expresión, pero unos ojos asombrosamente ardientes tras los cristales. El cabello se le revolvía por la brisa, marcando sus rizos.

Ella pasó, casi rozándolo...

Y él la observó alejarse, siguiéndola en el trote, moviendo sus caderas. Esas caderas donde, estaba segura, necesitaba refugiarse y su mente acudía, ya que no lo hacía su cuerpo...

... hasta la siguiente vuelta.

Otra vez te siento cerca, pervertido mío. Otra vez puedo casi olerte...

Sé que me escuchas, que me espías a través de las paredes, y que te follas a tu novia pensando en que me lo haces a mí. Lo sé porque me lo has dicho, cada vez que me arrinconas en el ascensor de nuestro bloque. O cada vez que nos cruzamos en las escaleras. Son las típicas cosas que si una tuviera un poco de cordura no dejaría nunca que ocurrieran. Un vecino parando a la carrera la puerta automática del ascensor, para meterse en el último momento en el pequeño habitáculo y compartir el aire contigo.

Cosas de un verdadero pervertido. De esas que te menciona tu madre mientras almuerzas con ella los domingos y que ha escuchado en las noticias.

Pero tú eras mi pervertido.

Me escuchas, me vigilas, me deseas.

Ahora que nuevamente he venido a buscarte, a la pared de la casa donde sé que normalmente te resulta más fácil escucharme, me pregunto si estarás ahí. Estoy caliente, tengo la entrepierna muy mojada, y unas ganas horribles de sentirme llena. No conozco tu polla más allá de la dureza que he notado tras la tela del pantalón cuando has apretado tu cuerpo contra el mío. Tu verga erecta contra mis nalgas, con una escuela falda de lino... Recuerdo que la primera vez casi conseguiste que te rogara que la levantaras y metieras dos dedos entre mis pliegues. Me excitó mucho tu asalto.

Pero sólo eso...

Casi.

Nadie se espera que de repente el profesor de rostro interesante que comparte rellano contigo resulte estar espiándote. Haber notado que andabas detrás del visillo de la ventana de la habitación que compartía con la mía el patio de luces podía haber sido puramente anecdótico, pero las repeticiones al final me convencieron de lo contrario. Tus gafas de pasta se pegaban al cristal cuando empezaba a retirarme la ropa, y habría jurado que se empañaba la zona del cristal por la agitada respiración que suponía que tenías.

Por aquella época apenas te veía en las escaleras. Si tenías turno de mañana o de tarde en la universidad nunca podría haberlo asegurado. Pero lo que sí era cierto es que todas las noches las pasabas en casa, al lado de tu ventana, viendo como me desnudaba.

Y me encantaba exhibirme para ti.

Tardaste casi medio año en atreverte a dar algún tipo de señal de vida. Pero, una vez te dejaste ver el rostro, te volviste descarado y exigente. Y tus encuentros casuales conmigo se volvieron demasiado obvios, hasta que hacía un mes empezaste a abrir la puerta de tu casa para mirarme de arriba abajo cada vez que salía hacia el trabajo por las mañanas.

Opinabas sobre mi vestuario asintiendo complacido, o frunciendo el entrecejo, si no llegaba a gustarte demasiado.

Y empecé a vestirme para conseguir tu aprobación, casi sin darme cuenta.

Hacía un par de semanas que te habías aventurado a entrar en el ascensor, mostrando todas tus intenciones. Me habías mirado sólo un par de segundos antes de girarme, y sujetándome por la barbilla para hacerme mirarte a través del espejo, te habías frotado contra mi cuerpo.

Estabas completamente empalmado.

Mis pezones respondieron al contacto endureciéndose al instante, pero ni los miraste siquiera. Enterraste la cabeza entre mis cabellos y mientras me olías seguiste frotándote y gimiendo, con una mano en mi mandíbula, presionando lo justo, y la otra contra el espejo donde ambas figuras nos reflejábamos.

En cuanto se abrió la puerta me liberaste, y escapaste sin escucharte decir nada. Tus jadeos resonaban en mi cabeza mientras se cerraba nuevamente la puerta, dejándome dentro, atónita y excitada, sin poder moverme. La palma de tu mano había dejado una marca muy clara en el espejo, y no conseguía apartar la vista de ella. Habías estado allí...

Y no conseguía olvidarlo.

Ahora te buscaba igual yo a ti. No lo reconocería ni borracha, pero ni falta que te hacía. Tú podías olerme, y saber que me excitaba tu pelvis contra mi cuerpo en cualquier arrebato. Disfrutabas de ese poder sobre mí, aunque no hubieras podido meterte entre mis piernas y follarme contra el espejo del ascensor, cumpliendo tu fantasía de escucharme gemir por tu verga tiesa.

Porque de momento, lo único que conseguías era escucharme gemir por la polla de otro.

Yo había empezado a jugar contigo al gato y al ratón por las habitaciones que lindaban con tu casa, o en las ventanas que daban al patio de luces que ambos compartíamos. Estaba convencida de que tu novia también me escuchaba, y aunque seguro que descargabas la mayoría de las veces tu leche dentro de ella, probablemente las paredes no se habían librado de alguna que otra mancha. Pero la última vez... ¡Dios! La última vez realmente había sido morbosa.

Nada más empezar a follar contra la pared de tu dormitorio, te había sentido golpearla con fuerza. Mi amigo de turno era fornido, y me había empotrado, al clavármela, contra la pared que compartíamos de cabecero de cama. Me encantaba hacerlo de pie, y aprovechaba la ocasión siempre que podía. Y allí estaba yo, empalada con fuerza, gimiendo con cada embestida, cuando te escuché al otro lado, claramente, follar con tu chica.

— Grita más alto, perra. Sabes que me encanta oírte.

Y la putilla, que no se imaginaba que su novio fantaseaba con que me follaba a mí, que me lo decía a mí, que simplemente se le levantaba al mirarme pasar, empezó a jadear más fuerte.

El ritmo de las caderas con la que te la beneficiaste me conquistó de tal modo que dejé de sentir por un momento la polla del maromo que me perforaba el coño en aquel momento. Tenías cojones, desde luego, para ponerte al otro lado de la pared a soñar con separarme las piernas y enterrarte entre los pliegues que tú ayudabas a humedecer. Te escuché gemir más que a mi amante, te escuché golpear la pared con su culo, mientras ella gritaba tu nombre, enloquecida por lo que le hacías.

Y amoldé el ritmo de su polla al que tú le imprimías a tu chica.

Lo besé para sofocar sus gemidos. Eran los tuyos los que quería resonando en mis oídos. Tus palabras, llamándome perra, eran las que me hacían hervir la sangre en aquel momento. Y me seguías pidiendo que gimiera... Que me corriera gritando tu nombre.

No recuerdo en qué momento realmente empecé a gemir para que me sintieras a tu lado. Un polvo tan morboso no debía pasar desapercibido, y en verdad que me habías llegado a excitar con tu atrevimiento. Jadeé para ti, loca de deseo, tan alto que no sólo tú pudiste oírme. Me imagino la cara de tu chica al escucharme, y lo dura que tuvo que ponérsete dentro del coño de ella, mientras la bombeabas con tu ritmo frenético. Poco me importaba si mi amante se daba cuenta de lo que pasaba, y creo que ciertamente le tuvo que importar poco puesto que se dejó utilizar sabiendo que el beneficio lo merecía. Permaneció callado con una media sonrisa en los labios, mordiéndose la lengua y mordiéndome el cuello, escuchando lo escandalosa que me había vuelto de pronto.

Disfruté de cada embestida que le diste, cada vez que tus huevos se estrellaron contra ella, y del chapoteo de su coño encharcado. Seguro que tus ojos no veían su rostro, y me regocijaba pensar que los cerrabas para concentrarte más en los ruidos que venían de mi casa. Imaginé tu lengua recorriendo mi entrepierna, probando lo mojada que estaba en ese momento. Daba igual que otro me taladrara, me deseabas de una forma tan incondicional que no te hubiera importado compartirme, turnando tu polla con la de mi macho para darme placer, compitiendo con él para arrancarme gemidos más altos y largos.

Me hacías sentir poderosa, sexy, deseada al extremo.

Pero eso lo disfrutó mi amante.

— Joder, nena. Voy a llenarte de leche.

Y yo, que casi no podía ya retener mi orgasmo, apreté mis piernas contra su espalda, presionándolo para sentirlo bien dentro.

— ¡Córrete! ¡Lléname!

Mi maromo no pudo dejar entonces de gemir contra mi oído, perdiéndome en parte tus jadeos, a punto también de correrte. Clavó su polla tan fuerte que por momentos no supe distinguir si dolía o simplemente era lo más placentero que me había pasado nunca. Su cuerpo me aprisionó contra la pared de forma despiadada, y me usó con rabia para conseguir correrse. Una, dos, tres… no recuerdo cuántas acometidas fueron, sin darme tregua, faltándome el aire, mientras me imaginaba empalada por ti al otro lado, presionándome desde atrás, tu polla contra mis nalgas, buscando cobijo en mi interior. Me estremecí al sentir su leche inundarme el coño, acompañando mi orgasmo. Supe que también te habías corrido, escuchándonos a ambos.

Pero me faltó tu semen resbalando por mis muslos tras follarme contra esa pared. Llevar los dedos a tu corrida, en goterones manchando mi piel, y probarla pringando mis yemas. Me faltó mirarte a los ojos, desvergonzada, mientras sacaba la lengua para envolverlos.

Me faltaste tú.

Pero ahora realmente te quería aquí, a mi lado, mientras me abría de piernas y me separaba el tanga a un lado. Frente a mí, en la pared opuesta, había un espejo que me devolvía mi imagen. Por más que sabes que estás excitada… hasta que no ves lo mojada que tienes la entrepierna no llegas a creértelo del todo. Y mis pezones se marcaban firmemente contra la ligera tela de la camiseta. Todas las señales apuntaban a lo mismo, incluso el rubor de mis mejillas, y el brillo de mis ojos. Me ponías tremendamente cachonda…

En verdad no me avergonzaba que así fuera. Que tuvieras novia no me estresaba mucho, y que ella pudiera venir a darme un guantazo si descubría cómo te levantaba yo la polla no me quitaba el sueño. Me dormía tras haberme metido los dedos pensando que eran los tuyos desde aquella última vez, en la que cada uno folló al otro a través de una puta pared de yeso.

Esta vez… pensaba gemir tu nombre.

Dos golpes en la pared de tu cuarto, y un par de jadeos, y ya sabía que te tenía al otro lado. Había aprendido a reconocer tus dedos acariciando la pintura, como si fuera mi piel. Podía ser que ya tuvieras la polla entre los dedos de la otra mano, aferrándola con fuerza. La imaginaba sonrosada, dura y brillante, esperando el momento en que tus manos separaran mis nalgas para embestirme por detrás.

> — ¿Sabes? Estás tardando en venir a follarme.

No escuché respuesta alguna. Contuve la respiración interminables segundos… y nada. Estaba casi convencida que tal vez me hubiera imaginado que estabas tras la pared, o que podías escucharme tan claramente como me asegurabas en el ascensor.

> — Te oigo respirar cuando estás cerca—, me habías dicho una vez, con la polla apretada entre mis nalgas, en el descansillo de la escalera en el entresuelo—. No sabes cómo me pone saberte tan cerca, y seguro que desnuda… con lo perrita que eres.

Aquella vez me había inclinado provocativamente contra los peldaños, ofreciendo mi cuerpo a tu antojo. Mirándote desde atrás, te había visto levantar la tela de la falda y mirar mi cuerpo, mientras te mordías el labio inferior y te llevabas la mano a la bragueta, para acariciarte por encima del pantalón. Me miraste únicamente unos segundos, y luego corriste escaleras abajo, dejándome a cuatro patas, cachonda y rabiosa.

Aquella noche había tenido que ir a casa de un amigo a descargar mi frustración sexual. Menos mal que contaba con muchos amigos, y que la mayoría siempre estaban dispuestos a echarme un buen polvo cuando lo necesitaba.

Pero ahora... nada. No te escuchaba.

Tal vez eras simplemente un pervertido del montón, y fanfarroneabas sin más. Solamente querías mirar, provocarme y seguir mirando, para luego continuar fantaseando conmigo y follarte a tu novia con la erección que obtenías de mí.

Pero sonó el timbre de la puerta.

Y al mirarme nuevamente al espejo vi reflejado mi rostro de satisfacción en él. Ibas a follarme, o te follaría yo. Poco importaba el matiz, siempre que tu polla por fin me llenara, y tu boca lasciva me recorriera la espalda mientras lo hacías.

Porque me ibas a poseer por detrás, como siempre me buscabas...

Como siempre yo me ofrecía...

FANTASÍA IV

Cuando empieza el verano, en las ciudades donde no hay playa, aparece un tipo de visitantes muy especiales en los parques.

Las parejas acuden a tomar el sol.

Mi parque, a estas alturas del año, no iba a ser una excepción.

Ella, con un minúsculo biquini, extendió la toalla con motivos marineros apartándose de la sombra que yo tanto buscaba. Él, sin ganas de quitarse la camiseta, se tumbó a su lado, resignado a permanecer tostándose durante unas horas con tal de acompañarla, y apartarle a los moscones.

Porque hombres que la miraran había muchos...

El capazo de paja se volcó al acostarse ella boca abajo, mostrando las redondeces de sus nalgas a todo el que quiso mirarla. Yo, que nunca le he hecho ascos al cuerpo femenino, ni al masculino tampoco, dejé vagar la vista mientras recogía los enseres que habían escapado del bolso.

Él, sin embargo, no le prestó la más mínima atención. Los miraba a ellos, que no se cortaban en absoluto a la hora de mostrar su conformidad con el cuerpo que se exhibía ante sus ojos.

Los empezó mirando con mala cara, pero con el paso de los minutos se fue relajando. Al fin y al cabo, se suponía que tener a una mujer de aquellas características como novia siempre traía algún que otro quebradero de cabeza.

Se colocó unos pequeños auriculares en las orejas y unas gafas de sol muy oscuras. Se pensaría que al no vérsele los ojos podía mantener a más tíos bajo la presión de su mirada. Ya que no era, lo que se puede llamar corpulento, esperaba que la táctica de la intimidación diera más resultado que pasarse horas en el gimnasio para mantener a su chica a salvo.

Ella se volvió y le pidió que le acercara el protector solar del bolso. Y su novio, con rapidez, se prestó a hacer los honores. Agitó el bote entre ambos cuerpos, mientras ella le comentaba alguna anécdota del día y los ojos de él se perdían en el estrecho canal que dibujaban sus pechos, apretados uno contra otro por la escueta tela de baño. Al abrir la tapa el protector salió disparado, manchando la cara de la muchacha, sus gafas y la trenza a un lado que tan primorosamente había entretejido en cuanto llegaron al parque. El líquido blanco resbaló por su piel persiguiendo sus labios, y allí cuando llegó ella dibujó una pícara sonrisa.

No era la primera vez que la manchaba en el rostro.

Marcar territorio, y dejarse marcar. Un gesto tan primitivo, compartido por tantos animales en la naturaleza, pero que nos resultaba tan extraño a algunos.

Quizás era la forma más contundente de hacerle entender a aquellos mamarrachos que observaban a su chica que ella no estaba disponible. Era suya, porque ella se había dejado marcar por él.

Olían el uno al otro.

No… no era la primera vez que ese chico le manchaba el rostro a su novia.

Y por la mirada que compartieron ambos, no iba a ser, ni mucho menos, la última…

— Quiero lo mismo…
— Claro, nena. Estoy deseando verlo.

Tu amiga está en el suelo, rodeada de cinco pollas que se acaban de derramar en su cara. El rostro se le desdibuja de tanta leche, tantos colgajos, tanta saliva… Sonríe, exhausta y complacida. Seguro que le tiene que doler la mandíbula después del esfuerzo. Cinco tíos… sin descanso, y sólo una boca.

Tú eres el que maneja. Estoy segura de que se te ha puesto dura al escucharme pedir el mismo trato. Me dijiste que querías que lo viera y tengo las bragas empapadas. Tú sabías cómo reaccionaría; ya conoces mis anhelos antes incluso de sentirlos palpitar en mi entrepierna. Viciosa… me has llamado viciosa. ¡Y por Dios que así me siento! Y lo disfruto… Hay tantas cosas que me has enseñado…

Tu amiga te sonríe, y tú se la devuelves. Has conseguido lo que querías de ella; que yo la viera… Calentarme el coño para ti está siendo tremendamente fácil. No sé si cabrearme por ello u ofrecerte el sabor de mis bajos labios… prendido de mis dedos.

Elegiste los tipos para tu amiga. No lo hiciste muy rápido, pero tampoco dedicaste el tiempo necesario para saber si cumplirían con lo que querías que viera. Después de todo era una escena para mí, porque me imagino que esa mujer, esto, ya lo habría hecho antes; parecía saber lo que hacía y controlar los tiempos que dedicaba a cada trozo de carne. Ha estado de rodillas todo el rato, rodeada en el suelo de madera, en esta habitación que me resulta tan incómoda y que a ti parece encantarte. Demasiado pequeña, tal vez, o de color muy agobiante. Puede que sólo sean los materiales del empapelado, o los cortinajes, o la música estridente que aunque no suena fuerte retumba en exceso para mí. En definitiva, lo que hace que la experiencia haya merecido la pena no es el tequila que bebo, es la cara de ella embadurnada en semen.

Y sé que quieres hacerme lo mismo.

— Antes, una cosa—, me pides al oído—. Quiero ahora tus bragas mojadas...

Esa puta necesidad de poseer la prenda en la que he dejado mi olor mientras presenciaba la escena. Tu necesidad. Supongo que si no te hubiera dicho que quería hacerlo ni te hubieras molestado en pedirlas, porque el premio, al final, no es la simple tela.

— ¿Las quieres ya?— te pregunto, levantándome la falda del vestido y enseñándote el género.
— Por supuesto, nena... Mientras llega el relevo.

El relevo son cinco hombres a medio vestir, con las pollas ya en la mano. Mis machos... entran ahora por la puerta.

Hacía algunos meses que habíamos iniciado el juego. Eras, por entonces, el amigo de un amigo de una amiga al que había conocido en una fiesta en la piscina privada de alguien a quien no lograba recordar en aquel momento. Bañadores monísimos de doscientos euros, gafas de sol enormes y pamelas aún más enormes todavía. Y mucho alcohol...

Yo, que había acudido con mi grupo de amigas animada tras finalizar los exámenes de carrera con buena nota y con ganas de iniciar el verano de mi vida, andaba con los pies en remojo y una botella de tequila al lado disfrutando de la música cuando apareciste. Siento decir que ese día no pude retener tu nombre, pero sí recuerdo lo provocativo que fuiste conmigo.

Un auténtico conquistador.

Siempre me han gustado los hombres resueltos, que saben lo que quieren y como conseguirlo. Aquel día, entre tanto niño rico y tanta chica pija, eras de lo más excitante de la fiesta. Cuerpo atlético, entrado en la treintena y con un enigmático tatuaje que comenzaba en el abdomen, se escondía en tu bañador y conseguía escaparse de la tela bajando por el muslo derecho, invitando a imaginar.

Te sentaste a mi lado a robarme parte de mi preciado brebaje.

Inaceptable.

— ¡Eh! ¡Que esa botella es mía! He tenido que besar al camarero para conseguirla.

Tu sonrisa ladeada me cautivó desde el primer momento.

— ¿Te pago yo cada sorbo de la misma manera?

Rendida. Me dejaste sin habla, acalorada y con una extraña y agradable sensación en la entrepierna. Había tenido ganas de decir que sí, pero se perdió la palabra justo en el momento en el que tus labios, sin esperar respuesta, se apoderaron de los míos.

— ¿Para cuántos besos dará esta botella?—. Formulaste la pregunta al poco de devolverme la propiedad de mi boca, mientras aún no me había recuperado de la impresión. Tus dedos iniciaron una marcha justo al borde la piscina, donde mi muslo y mi nalga de vez en cuando recibían el agua clara, con el juego de los nadadores.

Me aparté un poco las gafas de sol de los ojos, y admiré tu bronceado.

— Si quieres consigo otra botella, para que no andes racaneando…

Tu sonrisa es de lo poco más que recuerdo de aquel día.

Pero varias citas más tarde, y un par de preguntas sobre lo que escondía la línea del pantalón donde se ocultaba tu tatuaje, y otras cosas, llegó tu proposición.

— Quiero tus bragas mojadas.

Eran las palabras que una no esperaba escuchar mientras cenabas en un restaurante caro. Y, aun así, la deconstrucción que había tenido a bien hacer el chef, para luego volver a ensamblar los alimentos en el diminuto plato, adquirió un sabor mucho más excitante. Habría que recomendarle al cocinero que intentara que las mujeres probaran aquellos bocados con el coño empapado.

— Y yo quiero seguir tu dibujo con los dedos...

Básico, ya lo sé, pero me ganabas en unos diez años de experiencia, y que yo fuera una descarada no quitaba que en esto del sexo llevara desventaja. Tú te inclinaste en tu silla, cogiendo perspectiva de mi cuerpo, y tras unos minutos de silencio sacaste una pequeña cajita del interior de tu chaqueta. Me la pasaste dejándola sobre el blanco mantel, y me instaste a abrirla.

Dentro había unas diminutas braguitas de algodón, con un fino encaje en el borde. Básicas, suaves y ligeras. Pero muy elegantes.

— Quiero que te las pongas—, me dijiste—. Y me las devolverás cuando estén empapadas...

Con reparo, acaricié el tejido con la yema de los dedos.

— ¿No te valen las que tengo puestas?
— Quiero elegirte la ropa interior a partir de ahora.

¿Cómo negarte eso? Me resultaba tan excitante...

— Hacemos un trato. Cada vez que consiga empaparte las bragas sin tocarte me las darás como premio. Si no lo consigo... me bajaré los pantalones y te follaré tras dejar de hagas lo que quieras con mi tatuaje. Pero te aseguro que puedo hacer que te corras sin necesidad de meterte la polla.

¿Y qué hice yo, aparte de quedarme con cara de tonta, y con las bragas empapadas manchando la tapicería de la silla?

Asentir, por supuesto. Estaba encantada con el juego.

Y así habían pasado los meses.

Tu amiga está todavía relamiéndose la leche de la cara, restregando el semen por el cuello, las tetas y el abdomen. Los hombres a los que se las chupó conversan entre ellos y la ayudan aún con sus lametones sobre la cara, limpiando los restos de la fiesta. El suelo está emborronado, y sus rodillas medio resbalan con los líquidos viscosos en la madera. Los míos se quedan a un lado; tipos a los que hemos visto al entrar en el salón pero a los que no presté atención ni pienso hacerlo ahora. Sus pollas... esas son las únicas que necesito. Una verga dura tras otra en mi boca, una corrida tras otra en mi cara.

Me bajo las bragas mirándote a la boca y te sonrío mientras haces lo mismo con mis pupilas. El trozo de tela blanco se engancha en un tacón, pero consigo no perder el equilibrio y lo saco sin quedar demasiado torpe a tus ojos. Estiras la mano y yo te entrego mis bragas, procurando que la parte interna te quede a fácil acceso con sólo acercar la palma a tu boca y a tu nariz... ¿Qué harás primero, olerla o lamerla?

— Lo mismo para ti— me indicas, satisfecho, sabiendo que te has apuntado un tanto prediciendo que aceptaría el juego. Señalas las vergas que has elegido.
— No, lo mismo no...

Sin bragas, con la falda subida y el culo en pompa, me restriego contra tu bragueta endurecida y te unto el pantalón con el calor de mi coño. No te miro, pero te imagino ahora pasando la lengua sobre el forro de las braguitas y aspirando su aroma. Olor a sexo salvaje, olor de hembra en celo.

— Me tienes que follar mientras me lo hacen— comento, aún sin mirarte—. Sabes que una vez me dijiste que era muy fálica...
— ¡Qué te encanta una polla!
— Y a ti que lo tenga mojado.

Miro a mis machos. Siguen en una esquina, algunos mirando a la tipa en el suelo, otros mirando cómo me restriego contra tu verga.

Nunca, en todos estos meses, he conseguido bajarte el pantalón. Has obtenido de mí siempre lo que querías, que me corriera sin usar la polla. Me has torturado de mil formas posibles, y he disfrutado todas y cada una de ellas. Ahora, cuando voy a dar un paso más y estoy a punto de tener mi primera orgía, casi necesito que lo único que me tiene esclavizada a ti me haga sentirme a tu lado. Tu verga, que tanto anhelaba, era lo que precisaba para no perderme en aquella locura tan erótica.

— Al suelo entonces, guarra. A cuatro patas.

No te hace falta repetirlo dos veces. Mis rodillas tocan el suelo a la vez que lo hacen las tuyas. Imagino una señal de tu mano que los hace acercar, porque en el momento ya están a mi lado, rodeándome. El vestido desaparece al poco sin saber muy bien como ha sido, y me siento sobar las tetas y escupir en la cara antes incluso que tus manos aferrar mi culo para acercar tu polla al ansiado agujero mojado. La primera verga se introduce rápida, sin freno, y se estampa contra el paladar. No es muy grande pero está dura y caliente, y me gusta el olor a sudor que se distingue en la piel que me queda justo delante de la nariz. Sabe salada… y está muy mojada. La ha ensalivado su dueño antes de compartirla conmigo. Bombea a buen ritmo, fuerte, mientras la segunda polla está a su lado, golpeando pausadamente mi cachete.

— ¿Te gusta cómo te folla la boca, guarra?— te escucho preguntar. Tus manos ya me sujetan el culo y de vez en cuando me propinas alguna nalgada. Sé que estás disfrutando de verme recorrer la polla del primero en lanzarse, cómo mis labios se deslizan por el cuerpo compacto moviendo el pellejo hasta descapuchar el capullo totalmente con cada embestida.

Asiento con la cabeza liberándola un momento. Miro hacia atrás y veo como te brilla la cara ante el espectáculo. No sé si al final me follarás, pero correrte te correrás en mis nalgas, seguro, porque te estás masturbando también a buen ritmo.

Tengo, por primera vez, la visión de tu miembro erecto entre las manos, y tu tatuaje expuesto, recorriendo tu pelvis. Deliciosa imagen, excitante y necesaria.

— Si, cabrón… me gusta esta polla. Pero quiero las otras.

Un segundo individuo me apresa la barbilla y me mete un par de dedos en la boca, tira de mí para colocarme en posición para tragarme su verga y así lo hago cuando la tengo a tiro. Esta es más grande, y su dueño tiene más ganas de moverse fuertemente contra los carrillos. Me los empuja mientras coloca allí donde me deforma la cara una mano para sentirla a través de mi piel, y me sujeta la cabeza con la otra.

— Trágala bien, guarra— me dices—. Disfrútala—. Y te siento ya jadear un poco a mi espalda, por lo que muevo el culo pidiendo clemencia para mi coño abandonado. Te gusta hacerme sufrir, lo sé, pero necesito sentirte empalarme, acompañar mis movimientos, que me empujes contra sus cuerpos—. Y tú, fóllala fuerte, que le gusta.

Gimo contra la polla y la siento imprimir más velocidad. A los lados ya hay varias esperando, las puedo ver disputarse el siguiente puesto. Me golpeas con la tuya las nalgas, rebota en una mientras que la otra es azotada por la palma de uno de los desconocidos. Los pezones están duros como piedras debajo de las yemas de los dedos que se turnan para castigarlos. Me arde el coño, me palpita el clítoris… pero allí nadie se acerca.

— Chupa varias, que seguro que te las apañas.

Es una orden que no pienso pasar por alto. Me levanto un poco y colocando las manos contra los muslos de los dos donantes me entrego a la noble tarea de lamer varios capullos juntos frente a mi cara. Paso la lengua, presiono con los labios, trago y ensalivo… Saboreo. Me pringo la barbilla de babas, me castigo los labios con cada pasada sobre las carnes duras que se me ofrecen. Una, dos, tres chupadas intensas sobre la cabeza de una y ceso con ella al sentirla gotear. Varios meneos a la otra contra el paladar y ya hay otras dos que al menos piden que mis manos las toqueteen un poco. Cada fila de dedos aferrada a un pollón venoso y duro, la boca ocupada con una tercera que me revienta los labios y me embiste con dedicación.

— Voy a ayudarte…

Me separas las nalgas y tu verga se hunde entre mis labios, recibida con cálida alegría. Mis pliegues se amoldan a tu carne y te siento recorrerme entera hasta tocar fondo, dejando tus huevos contra mis muslos cerrados. Gimo contra la polla que chupo, aprieto con fuerza las que masturbo. Me correría pero sé que no me está aún permitido, y que aunque lo intente no me dejarás hacerlo.

— Déjame metértelas yo en la boca—, me susurras, inclinándote sobre mi espalda y poniéndote cerca de mi cabeza—. Quiero que las chupes a mi ritmo.
— Ya era hora—, te contesto contra una polla.

Tus caderas empujan mi cuerpo y me deslizo por sus vergas, pausadamente primero, luego con más fuerza. Una tras otra se restriegan contra mis labios y mi boca, se masturban a mi lado y me golpean los cachetes mientras la tuya me trabaja la parte baja de la anatomía. Me recorres desde la entrada hasta el fondo, moviendo tu cadera contra la mía y restregando tu pelvis y tus cojones, gimiendo y animándome a tragar más pollas.

— Venga, sigue… otra.

Se turnan enfebrecidas para follarme la boca, como si el único sitio seguro en aquella sala estuviera entre mi paladar y la lengua. Sus gemidos me llenan la cabeza tanto como tus palabras de aliento para que las deje secas.

— Haz que se corran, haz que te bañen.

Veo a tu amiga a un lado, con su corte que vuelve a estar empalmada. Se masturban mientras la putita les da suaves lametones por turnos. Son diez pollas empalmadas en la habitación, a parte la tuya, cada una a un ritmo diferente. Me mareo viendo la perversión de la escena, me mojo más sintiendo que las pollas que chupo está a punto de correrse. Tu mano me aferra el cabello y me levanta la cabeza, disponiendo mi cara para las primeras leches calientes y densas.

— Gózalas, zorra… siéntelas en tu cara.

Me obligo a mirar mientras siento el primer contacto con la frente; el líquido espeso resbala hasta la ceja mientras la segunda descarga me baña los labios. Una tercera se descuelga por la barbilla y ya hay otra polla a mi lado masturbada con saña a punto de correrse. Me empalas con fuerza ahora, moviendo excitado tu verga en mis entrañas concentrándote en conseguir que me corra mientras las siento bañarme. Y el calor sube de mi entrepierna con cada roce experto que me regalas, anunciando el orgasmo. En un momento siento otras dos pollas rozando sus capullos contra mi cara, y como escupen mientras las menean con rapidez. Me llenan la nariz, los párpados, los labios. La leche se escurre por mi boca abierta y me cubre las encías, y la lengua se me embriaga con los diferentes sabores. Tú, a mi espalda, me obligas a mirarte mientras terminas de conducirme por el orgasmo que querías para mí, y sacando tu polla te derramas en mis nalgas gimiendo palabras que no llego a escuchar entre el jadeo de los hombres que me han dibujado la máscara en la cara. Mi pelo aferrado entre tus dedos, mi cara elevada, satisfecha; las corridas torturando el rímel que tan primorosamente adornaba mi rostro.

Leche blanca usada de nuevo maquillaje…

FANTASÍA V

Los mejores colores del parque para una boda son, sin duda, los que ofrece en otoño.

Me encantan las capas de hojas secas caídas sobre los caminos de piedra y en los bancos de madera. Mi perrita, que es pequeña y le encanta corretear, ha acabado más de una vez sepultada por un montón de ellas, que le lanzo desde arriba para que juguetee.

El color marrón de los árboles le sienta de maravilla a los claros colores de los vestidos de novia. No entiendo que las mujeres prefieran casarse en primavera, con tanta flor quitando el protagonismo a la sonrisa de los novios. Yo, si me casara, lo haría en otoño, rodeada de hojas secas y velas del mismo color, metidas dentro de cartuchos de papel, de esos que te dan cuando compras las barras de pan.

Aquella novia había acertado con el rincón donde se estaba realizando una parte de la sesión fotográfica.

Se había tumbado en el suelo, y cubierto parte de su falda con las hojas caídas de los árboles. El novio jugueteaba con muchas hojas sobre su cabeza, como si fuera a hacer lo mismo que le hacía yo a mi perrita. Novia sepultada bajo las hojas.

Sin embargo, la expresión de la novia no era, ni mucho menos, de felicidad. Se la veía agobiada, y no precisamente porque le apretara el corsé del vestido, o le estuviera molestando la postura para tomarse las fotos. Esa mujer estaba casi segura de haber cometido la mayor estupidez de su vida.

Casarse.

Lo de irse a vivir junto a la persona que quieres está muy bien desde mi punto de vista. A estas alturas, en las que no pienso que vaya a pasar por el pasillo central de una iglesia vestida de blanco, creo que es una opción más que respetable. Cualquier cosa menos tener ese rostro descompuesto que lucía la novia, a punto casi de echar a llorar.

O a correr.

Me vino a la mente la película de Novia a la Fuga, donde la protagonista, luciendo un sinfín de vestidos monísimos, siempre acababa huyendo del escenario, dejando a los novios plantados sin explicación maldita.

Aquella muchacha necesitaba salir huyendo, pero parecía que ya llevaba el anillo puesto en el dedo. Mala forma de empezar un matrimonio.

Y es que, a veces, por mucho que conozcas a una persona y por mucho que hayas compartido, lo de encasillarse si no te hace feliz hacerlo, lo mejor es salir huyendo.

Y unas vacaciones siempre sientan bien. Alejarse de todo, visitar lugares que siempre quisiste y nunca te atreviste, probar bocas nuevas en las cálidas noches de verano...

Si, total, el paso más difícil de dar cuando uno se aleja de todo... es el primero.

Ya, después, es cuestión de seguir alejándose.

Y mejor hacerlo para acabar perdida en la playa.

La historia comienza como empezaría cualquier película mala, de esas que ponen a las tres de la mañana para rellenar el espacio muerto entre la teletienda... y más teletienda:

En la barra de un bar.

¿Qué hacía yo allí? Emborracharme, por supuesto. Y todo porque hacía algún tiempo, en mi ciudad natal, había tenido el mismo tipo de día. Día pésimo, semana pésima... Creo que podía decir, también, que el peor mes de mi vida acababa de pasar, tras arrancar la última página de mi calendario de sobremesa de Mafalda. Ella, como no, me daba consejos... ¿optimistas? No, Mafalda nunca había sido optimista, y no iba a empezar a serlo para mí en mi agendita, donde aparecía marcado en rojo el primer día de mis vacaciones, llegando Mayo.

¡Vacaciones!

Había sustituido a la eterna niña de mi mesa por un libro de Maitena, y con el biquini en la maleta me había venido a la playa. Cuatro horas conduciendo el coche, para pasar una semana bebiendo mojitos, sola, en la barra del bar que esa noche a esa hora aún me aguantaba el tipo. Sonaba bachata de la mala por el hilo musical, y de la tontería del alcohol se me movían las caderas sobre el taburete, haciendo tambalear peligrosamente mi culo de un lado a otro. Probablemente el camarero se había gozado muchos golpes en las mismas circunstancias, e iba sobre aviso en lo de tener que ir a recoger del suelo a chicas borrachas que lo único que hacían era tontear con él. Todo eso, a la espera, en breves momentos. Tal vez tras el siguiente mojito...

El camarero estaba muy bueno. Uno de esos tíos marcados y definidos a base de pesas ligeras, con el pelo rubio por la exposición prolongada al sol. Movía el cuerpo mucho mejor que yo, acompañando el ritmo de la música. Se notaba que en sus ratos libres, tras tirarse un buen par de horas haciendo cualquier deporte en la playa, invertía tiempo en contonearse con alguna linda muchacha en una pista de baile, de esas donde las luces estridentes cansan la vista si estás sentado, pero que te dan cuerda cuando andas dando giros al ritmo de la música caribeña.

Lo imaginé follando con alguna chica en la playa al caer la noche, rodeado de velitas y copas de vino, mientras las olas mojaban la manta del picnic y ellos ni se enteraban...

¡Joder! Tenía que dejar de pensar en sexo, o acabaría dejando una marca muy fea en el tapizado del taburete. Que, por otro lado, no estaba demasiado limpio...

Hacía un par de meses que mi novio y yo habíamos roto. A los conocidos y amigos les dijimos que de mutuo acuerdo, pero mis familiares y los suyos sabían que me había encontrado montando a un corpulento obrero, de esos que nos estaban haciendo la reforma de la casa antes de casarnos. Ahora, borracha... tenía gracia. Pero en aquel momento no lo tuvo. O, especificando mejor, después de que pasaran unos minutos... no lo tuvo. Recuerdo sentir su polla completamente excitada dentro de mí, con sus rudas manos haciendo que mis caderas se balancearan sobre su pelvis, mientras yo gemía como una loca, con el coño encharcado y pleno. Me elevaba como si tal cosa sobre su cuerpo, para volver a bajarme y empalarme hasta el fondo, y apretar contra sus huevos mis nalgas duras por el aerobic. De vez en cuando lo miraba a los ojos, para asegurarme que no estaba soñando o fantaseando mientras era mi novio el que me follaba con semejante fuerza, y más me excitaba saber que me estaba haciendo gozar otro. Lo estaba disfrutando una barbaridad, sintiéndome deseada y usada como nunca antes, recorrida por una polla que se había levantado con la visión del insinuante escote que llevaba aquel día, sin necesidad de nada más. Dos palabras, un levantamiento de cejas por mi parte, y su mano apresando un pezón revoltoso que se había vuelto erecto al notarlo a él empalmado... Y, de pronto, estaba contra uno de los muebles aún tapados con las sábanas para protegerlos del polvo. La falda subió y los botones de la blusa saltaron. Las braguitas duraron unos segundos intactas, y luego la tela se deslizó, rota, rodando por las piernas. Me ensartó como sólo imaginaba que podían hacerlo los animales salvajes, tomándome por detrás y dejándome acorralada, pero sin ninguna maldita gana de huir. Y así me folló, aferrando mi culo con ambas manos, atrayendo mi cuerpo hacia el suyo, y haciendo que perdiera la vergüenza con cada gemido que se escapaba de mi boca.

La cama había sido la segunda opción… pero llegamos a ella cuando mi culo estaba pringado por su corrida sobre las nalgas.

Y mientras me restregaba contra su piel dura, y mi clítoris se iba encendiendo cada vez más, entró mi novio.

Recuerdo la postura. Mis manos pellizcando mis pezones, completamente erectos. Las manos del obrero torturando mis nalgas, hasta dejarlas marcadas de rojo. Los dos cuerpos sudorosos, calientes y enervados. Su polla rompiéndome el coño, con la misma intensidad de hacía veinte jodidos minutos… Nuestros rostros enrojecidos, y las bocas abiertas, buscando aire.

Igual de abierta se le quedó la boca a mi novio.

Se dio media vuelta, y desde entonces sólo había hablado con su abogado.

Y tras la sorpresa inicial, y el shock de saber que mi novio me había pillado follándome a otro, el muy bestia consiguió, con su enorme verga y su buen hacer, que me olvidara unos minutos más de lo duras que iban a ser mis semanas posteriores. Cogiéndome en volandas me empotró contra la cama, y me folló la boca hasta casi asfixiarme mientras me escupía en el coño, gemía como un poseso, dando fuertes palmadas sobre los pliegues, más que torturados, de mi humedecida vulva. Me corrí antes que él, aferrándome a sus caderas y atragantándome con su polla, buscando su leche, hambrienta y obsesionada con el hecho de hacer que al menos mi ruptura mereciera la pena. Su corrida me inundó la boca y resbaló por mi rostro, imposible de contenerla toda, y la foto que me hizo con su leche manchándome los labios y la barbilla me la envió un par de días más tarde, preguntando si repetíamos… Ya que mi ex lo había despedido no tenía nada que hacer por las tardes.

Tampoco había vuelto a verlo.

Al fin y al cabo, no pensaba que aquel polvo fuera a ser algo más que sexo. Había estado bien, me había hecho disfrutar como pocas veces un hombre, pero yo era lo suficientemente adulta como para entender que pertenecíamos a mundos distintos, y que sin su polla en la boca, o mi coño en la suya… de poco íbamos a tener que hablar. Fue, sin duda, la excusa perfecta para salir de la horrible monotonía en la que me había sumergido y de la que no esperaba poder escapar. Estaba encorsetada y me ahogaba, aburrida de mí misma. Un orgasmo no había solucionado mi vida… pero sí era cierto que me había hecho abrir los ojos.

Y no me había gustado ver en lo que me había convertido.

Daba gracias todos los días por aquel encuentro. Había tratado cientos de veces de articular las palabras para tratar de romper con mi novio, pero me atragantaba con ellas y morían sin dejar otro rastro que amargor en la boca y un horrible nudo en el pecho. Verme vestida de blanco, acompañada por mi madre y la madre de él, fue una de las experiencias más horribles que tuve que soportar aquellos meses. Las dos me vieron llorar, y no pudieron imaginar que las lágrimas salían por un motivo diferente a la felicidad. Después de todo, tenía una vida perfecta, ¿no? Un buen trabajo, un novio que me amaba con locura, y un futuro maravilloso a su lado.

Nadie sabía que lloraba muy a menudo, que había dejado de amar a mi novio, y que en más de una ocasión había abierto una página web para buscar un vuelo que me llevara al destino más lejano que saliera aquel mismo día del aeropuerto.

Vivía aún en mi pequeño piso de soltera, alquilado a una prima que me hacía muy buen precio. Mientras, mi novio y yo supervisábamos la obra de nuestro piso, donde por decisión de su madre no íbamos a vivir hasta que estuviéramos casados. Como ella decía, y luego sentenciaba también él, una cosa eran los tiempos modernos y que no se llegara virgen al matrimonio, y otra muy distinta es perder todos los valores tradicionales, y la ilusión de emprender una nueva vida juntos debía ir siempre tras el dichoso "sí, quiero".

De ese modo, tan tonto, aquel día había acudido yo demasiado temprano a ver el alicatado de las paredes del baño. El destino quiso que mi jornada laboral terminara demasiado pronto por un fallo en el suministro eléctrico del edificio, y que nuestro jefe estuviera de buen humor y en vez de tenernos haciendo el idiota nos enviara a todos a casa. Yo había quedado con mi prometido varias horas más tarde en el piso, pero como no me apetecía en absoluto, como casi nunca, pasar demasiado tiempo a su lado, decidí que la visita para ver en qué nos estábamos gastando el dinero podía hacerla sola.

Lo que no me esperaba era encontrarme a aquel obrero solo en el baño. La cuadrilla que normalmente trabajaba en la casa había salido en busca de materiales. Lo que no se nos ocurrió a ninguno de los dos, al menos no después de los dos empujones contra el fornido mueble contra el que me inclinó, fue pasar la llave de la cerradura, o el pestillo, o dejar una estúpida silla inclinada contra el pomo de la puerta de la entrada, como había visto hacer en tantas películas.

Mi cerebro, simplemente, se había desconectado, conectándose, sin embargo, una parte de mí que permanecía aletargada desde hacía mucho. Y esa parte no se distinguía por ser muy coherente, que digamos.

Otro mojito... ¡Cómo no! Después de todo, a éste invitaba el camarero.

Cada vez que lo miraba me lo imaginaba empotrando a una rubia contra la arena de la playa. Los gemidos de ella, las embestidas de él... La ropa aún a medio quitar, la polla dura entrando y saliendo con fuerza de entre sus piernas y los tobillos de ella enlazados sobre la espalda de mi camarero favorito, empujándolo para que siguiera manteniendo el ritmo, lento y vicioso. Sexo cadente, miradas ardientes, y jadeos acompasados.

Me estaba poniendo muy cachonda.

Me costó hacer la maleta para mis vacaciones. No tenía nada apropiado, y al ser un viaje de esos poco planificados, a la aventura como suele decirse, al final decidí que lo más conveniente era llevarla casi vacía. Siempre había tiendas en las zonas de veraneo. Me apetecía una buena sesión tirando de tarjeta de crédito. Y eso había hecho.

Cuatro tiendas más tarde tenía muy claro que toda aquella ropa no iba a ir a parar al armario de mi casa. Nada de aquellos estampados y tejidos pegaba mucho con mi trabajo y el clima en mi ciudad. Las transparencias estaban mal vistas, ceñir el culo bajo una minifalda, aún peor. Había comprado la ropa que siempre me había apetecido probarme pero para la que nunca había encontrado el momento. Mi prometido habría puesto verdadera cara de desaprobación si llegaba a verme con alguna de aquellas prendas. Por suerte… los precios eran razonables, y mi novio no influía ya para nada en mi vida.

Y allí andaba yo, borracha, moviendo el culo y a punto de pedirme una sexta ronda… y un beso a mi simpático y sexy camarero, cuando entró en el bar el hombre que había hecho que esa noche anduviera borracha.

¿Mi obrero?

No. Mi ex prometido.

Vete a saber por qué caprichos de la vida llegaba este hombre a encontrarse en el mismo lugar de veraneo que yo, cuando lo que quería era escapar de mi antigua vida, olvidar la reforma de la casa y de los caros preparativos de una boda cancelada a toda prisa. Me miró entre complacido y asombrado. Ciertamente pocas veces me había visto beber, y en aquella ocasión ya andaba yo un poco más que bebida. Tampoco era que estuviera acostumbrado a verme con ropa tan vaporosa, por no decir algo transparente. Se acercó a la barra, con un paso firme que no le conocía -o tal vez yo a esas alturas ya empezaba a ver muy, pero que muy mal-, y se plantó delante de mí. Giró el taburete con un gesto rápido, y casi perdí el equilibrio y caí al suelo. El mojito se derramó entre mi minifalda y sus pantalones cortos, llenándolo todo de las hojitas verdes que le ponían. ¿Cómo coño se llamaban?

— ¡Eres una puta!

Me dejó perpleja.

— Vivan tus huevos por hacer cuatro horas de viaje para decirme eso.

Empecé a reírme a carcajada limpia. No pude contenerme. Era, simplemente, de telenovela tenerlo allí delante; yo con un calentón de narices y él con fuego en los ojos, odiándome a muerte por lo que había hecho. En cierto modo me daba mucha pena.

— Mi psicólogo me ha dicho que tengo que enfrentarme a ti, que no puedo pasarme los días llorando por lo que vi y por haberte perdido.

Nota mental, mandar la factura de mis vacaciones a su psicólogo. Si mi ex iba a pasarse los días acosándome en los bares, iba a denunciarlo por mala praxis. ¿Acaso así no era como acababan las mujeres maltratadas, acuchilladas por una ex pareja celosa o cabreada? ¿En qué coño andaba pensando su terapeuta?

— Vale. Soy una puta. Lo que hice estuvo mal y siento que tuvieras que verlo. Sé que serás feliz con la nueva vida que empieces sin mí. Yo no habría sido buena para ti.

Las palabras salían torpes de mi boca. No era capaz de enfocar bien su cara, y se me iba la vista por la camiseta ajustada que llevaba. ¿Desde cuándo mi ex lucía pectorales? Su psicólogo debía haberle recomendado también que frecuentara un gimnasio para quitarse el estrés, o para subirse la autoestima.

O lo estaba haciendo para que se me pusieran los dientes largos. ¡El muy cabrito!

La tercera opción, la de que seguro que seguía siendo el mismo pero el alcohol me estaba jugando la mala pasada de imaginarme a mi ex cachas, buenorro y deseable, era la que menos me gustaba. Y aun así, me di cuenta de que al menos me estaba haciendo disfrutar de la visión que nunca había tenido de él. Debía empezar a replantearme que el alcohol no era tan malo...

— Conmigo nunca follabas así.

Cagada.

— Tú nunca me follabas así.

Nueva nota mental. No mantener conversaciones sobre cómo te folla otro cuando estás borracha y de vacaciones. Y menos con tu ex.

Me llevé la copa a los labios y pegué un trago. Las gotas que habían resbalado por el cristal del vaso llegaron a mi camiseta, mojando ya de paso algo más mi indumentaria. Hacía calor, y la verdad era que no me habría molestado lo más mínimo empezar a echarme hielos por dentro de la ropa. Desde luego, el momento no era el más indicado, ya que me había imaginado follando con el camarero, y no dialogando con mi ex. Pero las cosas nunca salían como una las planeaba. Desde luego, a mí nunca me salían bien.

— Nunca me pediste que te la metiera en la boca.

Resoplé. Aquello era más de lo que podía soportar borracha. En verdad, tampoco lo hubiera podido soportar sobria. Y cuando iba a protestar mi ex me arrebató la copa y terminó de beberse mi mojito.

Y cuando iba a protestar nuevamente, fue y me plantó el beso más apasionado que me había llegado a dar en su puñetera vida.

Creo que el vaso cayó al suelo. Algo escuché romperse, y creo que no fue la poca vergüenza que me quedaba, mientras mi ex me agarraba de los pelos, me hacía la cabeza hacia atrás y me obligaba a abrir la boca para acoger su lengua. Juro que no me lo esperaba, pero aunque no me hubiera cogido por sorpresa probablemente tampoco habría protestado. Me gustó sentirlo rudo, excitado y posesivo conmigo. Y, de repente, las velitas del atardecer en la playa de mi camarero se apagaron. Sus rizos rubios ya no se movían con cada embestida.

Ahora el que se movía era mi ex, y no sobre la rubita precisamente.

> — No puedo quitarme de la cabeza como estabas follando con ese tío—. Me lo dijo pegado a mi boca, casi luchando por el aire para soltar las palabras—. Y no entiendo por qué nunca lo hicimos de esa forma—. Hizo una pausa, en la que continuó buscando mi lengua, entregándome la suya, y apresando mi cuerpo aún en el taburete—. Salvaje...

¿Cuándo había aprendido a besar así ese hombre? ¿Esas técnicas se enseñaban en el psicólogo?

Sus manos se apoderaron de mi culo y me presionó contra su cuerpo. Gemí al sentir su erección, llamándome contra la ropa interior de encaje que había estrenado esa misma noche. Yo ya estaba empapada, y olía a sexo desde hacía más de una hora. Que él fuera a ser el que disfrutara del calor y humedad que el otro había provocado... Bueno, ¿acaso importaba?

> — Nunca fuiste de follar con la luz encendida—, le comenté, algo dolida. Al fin y al cabo nuestra relación había durado seis años, y me cabreaba que al final hubiera sido tan poco satisfactoria para los dos. Creía que él simplemente era así. Me jodía pensar que todo aquello podía haberse solucionado si me hubiera follado al menos una vez la boca—. Parecía que te corrías por compromiso.

Se revolvió entre mis piernas, haciéndome notar lo dura que tenía la polla. Soltó mis labios y se escabulló contra mi oreja, mientras seguía frotándose contra el encaje de las braguitas, más que empapadas.

> — Pues ahora te voy a meter la polla por todos los sitios que se me ocurra. Y te vas a tragar mi leche...

Escucharlo hablar así de sucio me hizo perder la cabeza. Mi ex, el correcto ejecutivo de chaqueta siempre planchada y calcetines en la cama hablando de follarme de semejante modo. Quise hacer algún comentario al respecto, decirle que era un hipócrita y que nos había mantenido a los dos sumidos en un aburrimiento de pareja que me había llevado a ponerle los cuernos con el primer tío que se atrevió a levantarme la falda y a querer comerme el coño, pero estaba bloqueada. El alcohol y el calor de mi entrepierna me tenían hechizada. Sabía que el camarero nos seguía observado desde la distancia, y eso también me gustaba. Pensé en decirle que podía haber sido él... pero mi desfachatez no llegaba a tanto.

— Nunca te he follado el culo...

¡Oh, por favor!

— Nunca me has follado. Lo que nosotros hacíamos no era follar.

Fue entonces él el que gimió contra mi oreja, completamente empalmado. Me tomó de la mano y la puso sobre su bragueta, para que pudiera notarlo.

— Vamos al hotel.
— No. Vamos al baño.

Temía que si dejábamos pasar los minutos se me bajara el calentón y desapareciera la necesidad de entregarme a mi ex. El alcohol tampoco duraría mucho en mi sangre, y no podía asegurar que no estuviera haciendo de las suyas para conseguir que me abriera de piernas para él. Le apreté la polla entre los dedos, y lo miré a los ojos mientras me relamía. No sabía a qué sabría la polla de aquel hombre, tan desconocido y a la vez tan cercano. Pero estaba loca por sentirlo empujar contra mi paladar y que cumpliera con la promesa de hacerme tragar toda su leche.

Por no comentar algo sobre lo de follarme el culo.

Me estaba replanteando seriamente mi concepto sobre su psicólogo.

— ¿Y qué te dijo exactamente el especialista en la terapia?— Mi mano comenzó a moverse sobre su polla, haciendo que continuara jadeando mientras me miraba y buscaba nuevamente el contacto de sus labios con los míos.

— Que si tenía que llamarte puta te lo llamara—, comenta, con la sonrisa ladeada—. Lo que no me dijo es si debía hacerlo en persona, por teléfono o cogiendo una foto tuya y espetándote sin estar presente. Tampoco he decidido si voy a hacerlo mientras te abro de piernas y te saboreo o te la meto en la boca. Pero no me parece mala idea hacer las dos cosas.

Se le puso tremendamente dura al imaginarse haciéndolo, y yo me estremecí pensando en cómo lo haría. Escucharlo llamarme así, imaginarme aceptando su verga restregándose contra mis labios, encajonándose entre la lengua y el cielo de la boca, y estallando contra la garganta mientras seguía empujando y aferrándose a mi cabeza... Me hacía perder la cordura. Lo deseaba ya, en aquel baño, contra la pared fría de azulejos blancos, donde el camarero podía escucharnos y echarnos a escobazos si nos encontraba. Lo deseaba así, cachondo hasta decir basta, pervertido como nunca.

Mafalda pensaría que aquello era una locura.

Maitena pensaría que aquello había que aprovecharlo.

Y yo, que estaba un poco hasta los cojones de masturbarme sola en la habitación de hotel, pensando en cómo empezar a follarme a los tíos que me excitaban pero que ni me miraban, creí que por una noche deseaba que mi ex me llamara puta.

Y el baño estaba disponible.

— Me gusta el consejo de tu psicólogo.
— Más te va a gustar cuando te atragantes con ella, puta.

Es lo que tiene ir de ropa de vacaciones y beber mojitos. Esto, en la oficina con traje de chaqueta, seguro que no pasaba. Esto era lo que tenía levantarse tarde, retozar en la playa desnuda al sol, y desear. Esto era lo que tenía haber dejado atrás mi vida encorsetada y estricta, donde mi novio me daba un casto beso de buenas noches una vez cada quince días tras tener sexo fugaz en su apartamento de soltero.

Y me encantaba pensar en que aquella ropa de verano iba a quedar tan maltrecha que no llegaría tampoco a la habitación del hotel.

No pensaba que fuera a valer la pena una boda, pero tal vez las vacaciones no estaban del todo perdidas. Pena de camarero. Estaba segura que aquella noche iba a ser yo a la que se llevara a la playa para ponerme rodeada de velas...

FANTASÍA VI

Otra de mis aficiones favoritas es la fotografía.

A ratos, y cuando me acuerdo de cogerla, le hago un reportaje completo a mi perrita, estrenando ropa en invierno o con su gorrita para el sol en verano. Sí, soy de las que visten a su perro para salir a la calle cuando hace frío. Yo tirito con facilidad, y ella lo hace también. Puede que lleve el pelo demasiado corto, pero así se le desenreda más rápidamente.

Pues eso, a lo que iba. Aquella tarde de primavera hacía buen tiempo, y me apresuré a echarme la cámara al hombro, junto con las cosas de paseo de mi mascota. Es una cámara pequeña y manejable, aunque tiene un montón de funciones que no entiendo, y que jamás seré capaz de utilizar. Yo intento ni mirarlas, sobre todo porque están en inglés.

Ahora… el zoom funciona de maravilla.

Puedes estar fuera del alcance de un tiro de piedra de lo que quieres fotografiar que parece como si lo tuvieras todo a mano. Eso, para mi afición a observar a la gente, es muy práctico.

Esa tarde, mi perrita se quedó sin sus fotos. La cámara se enganchó de la imagen de un pintor delante de su lienzo que trataba de plasmar una de las estatuas del paseo junto a la fuente. Nunca me había llamado demasiado la atención la escultura, pero la pintura sí. Y mientras él daba pinceladas más o menos acertadas sobre la tela, yo iba fotografiando sus manos al hacerlo.

Sí… sus manos.

A estas alturas no puedo ocultar que me hipnotizan las manos masculinas. Y las de este hombre eran finas y delicadas, manchadas de pintura en la punta de los dedos. Llevaba un pequeño reloj en la muñeca, con una sencilla correa de cuero, simulando una cuerda trenzada. En la otra muñeca se arremolinaban varias pulseras de tintes diferentes, algunas con abalorios.

Eran pulseras de chica, pensé.

Cuando sus manos dejaron de captar mis fotografías, me centré en la pintura. Y, para mi sorpresa, no estaba dando vida a la estatua. Allí, con trazos largos y manchas que no tenían ningún sentido, estaba plasmando cualquier cosa menos la piedra gris que tenía delante.

Se me antojó pensar que era una mujer a la que pintaba de memoria, caprichosamente... como si conociera tanto su cuerpo femenino que no le hiciera falta tenerla delante para dibujarla.

Piel bronceada mil veces acariciada por esas manos llenas de pintura, dejando marcas de dedos allí por donde pasaban. Ojos que se prendaban de los matices de cada curva, de cada pliegue, de cada brillo provocado por el sudor.

Manos expertas de hombre que al fin dibujan a su musa, con el recuerdo de las largas noches en vela, adorando su cuerpo, haciéndolo suyo...

Y es que, probablemente, con pintura también se puede marcar a una mujer...

Corridas

El cuadro bajo nuestros cuerpos sudorosos…

O lo que quedaba de él.

No pensaba que después de haberlo pintado hacía días pudiera dejar marcas en la piel de esa manera. Con él he secado la corrida de mi cara, de mi cuello, de mis pechos… Con él recogí los últimos envites de tu polla erecta, de esa que me perforó el coño durante horas…

Y en él ha quedado tu esperma y nuestro sudor, mi saliva y la humedad que te ofrecí abriendo las piernas.

El lienzo fuera de su marco, como lo había querido desde que te vi pintarlo. Nunca me gustó pensar en él colgado en una galería de arte, con el paspartú metálico que querías ponerle, y sus ingletes protegidos bajo metacrilato.

Sólo el lienzo en el suelo… y ambos encima.

Bajo mi culo, allí donde dices que lo dibujaste y no lo veo. Bajo mi espalda, allí donde me explicaste que la plasmaste y no pude imaginarlo. Tu arte es retorcido para mí, pero más lo son tus besos…

El lienzo bajo mis tetas, ahora que me tumbo boca abajo. Imagino el aspecto que tiene que tener mi piel, manchada de los colores que, caprichosamente, elegiste para pintarme sobre la tela. El culo rojo, mezcla de las palmas de tus manos y el color que de tu paleta pincelaste. Los pechos emborronados, con decenas de tonalidades que según me explicaste, eran la mezcla del deseo que residía en tus entrañas por llevártelos a la boca. Y el abdomen extrañamente blanco…

Observo las manchas que han dejado nuestros cuerpos con sus fluidos al mirar ahora el caos en el que ha quedado sumida tu pintura. Allí semen, aquí cremosa esencia de mi entrepierna. Saliva de cuando tus rodillas se hincaron para ofrecerme tu miembro erecto y succionarlo, y sudor de ambos durante los interminables minutos en los que tu espalda o la mía pugnaron por quedar debajo. Huele a sexo el puto cuadro… Así es como yo lo quería.

Y jabón… ese que no te quitaste por las prisas al verte asaltado en la ducha por tu modelo en lencería…

Ahora, teniendo el cuadro aquí debajo, pringoso y borroso de la imagen que tú plasmaste, acerco los labios a donde me dijiste que habías dibujado mi coño, y suelto la leche que me regalaste en la boca en tu última corrida. Allí has dejado parte, en mi entrepierna, y allí te la dejo yo ahora… con mi saliva…

¿Recuerdas toda la noche? ¿O tal vez sólo la última corrida? Recuérdala, porque si hay algo que no quiere una mujer que se deja retratar desnuda, en un cuadro que no entiendo, es que la olviden…

— ¿Sabes lo que veo yo?— te comenté, sin apartar los ojos del lienzo que contemplabas desde hacía rato. Manchas rojas desdibujadas como chorros de pintura diluida en agua.

Te giraste, sobresaltado. No eras el de siempre, había algo distinto en tu mirada… No esperabas ya que nadie te hablara cuando quedaban pocos minutos para la clausura de la exposición.

— Sorpréndeme… ¿Qué ves tú?

Tu voz sonaba como la recordaba, mezcla de sensualidad y perversión. Algo había en el bulto de tu bragueta que me decía que tenía que oírse así.

— Una corrida tuya sobre mi cuerpo tras una sesión de body paint… ¿Ves esos trazos de ahí? Son las descargas principales, potentes y salvajes. Estas de aquí, sin embargo, son mansas y han goteado desde tus dedos al agarrarte el capullo para menearlo…

Tu polla había reaccionado al instante. Estabas tan cachondo que te permitiste la licencia de llevarte una mano a la bragueta para recolocarla, ya que te molestaba la presión contra el pantalón vaquero. Mordí mi labio inferior ante tu gesto y un gemido profundo salió de mi garganta.

Había lujuria en tu mirada...

— ¿Y estas manchas de aquí?— me preguntaste, muy serio.

Toqué mi clavícula con la yema de los dedos y deslicé mi lengua por mi labio inferior, saboreando la respuesta. Sentí tus ojos perderse por las profundidades del escote de la chaqueta sastre, sabiendo que debajo sólo había un leve sujetador de transparente tela negra, cuyo broche delantero estaba adornado por una cruz dorada. Seguro que estabas pensando en que esa cruz no me pegaba nada. Llevabas todo el tiempo mirando mi escote, sin blusa...

— La imaginación del autor, que es muy perversa. Son de corridas que todavía no has tenido...

Deseo... Destilabas deseo por tu piel. Olías a sexo salvaje, a penetraciones bruscas, a caricias que dejan marcas.

Me deseabas. Lo sabía, me deseabas.

— Y, ¿para cuándo?

Me permití la libertad de tocar la obra del artista, allí donde la pintura era una corrida sólo imaginada, de esas que aún no habías tenido. Mi uña recorrió la mancha alargada y lentamente acabó atrapada en mi boca, siendo chupada por mi lengua traviesa. ¿Semen que no has de beber...?

— Estás tardando...

Habías sido profesor mío en la escuela de arte. De eso, sin forzar mucho la memoria, hacía ya casi una década. Por entonces yo estaba a punto de casarme por un extraño rito de las costas caribeñas con mi bohemio amante, un jovencito de sempiternas rastas, trabajos precarios y mucha música en el corazón.

Era feliz.

Me imaginaba pintando con mi arte las maderas de una cabañita en la playa, construida a mano entre ambos, mientras mi prominente barriga de embarazada recibía más de una pincelada cariñosa por su parte. El sonido de las olas de fondo, acompañando los acordes de su guitarra, las llamas de una fogata rodeada de piedras blancas, danzando con los colores de la madera, y mi figura dibujando su sombra mientras me retorcía para su arte, completaban el cuadro.

Era una niña. No contaba apenas con veinte años.

Por aquel entonces nunca me habría fijado en ti, mi profesor, un hombre serio y culto con el que poco tenía en común, y que nunca se percataría de que yo tenía algo especial en la mirada.

Me gradué, pero nunca llegué a pintar.

La naturaleza hizo el resto, y la experiencia logró que con el paso de los días olvidara mis sueños, mis fantasías de vivir en la playa y a mi novio, componiendo con su guitarra mientras yo bailaba a su alrededor. Y tú... ¡Ni idea de lo que había sido de ti en todos aquellos años!

Te había reconocido al desayunar ambos en la misma cafetería, cerca del banco donde me marchitaba ahora. Tú te tomabas un café bien cargado y una tostada con aceite en una mesa cercana a la puerta. Ojeabas un periódico local en el que se había publicado el anuncio de tu exposición varias calles más abajo.

Cerca, condenadamente cerca.

El reconocerte me transportó a la época en la que tenía sueños con la pintura, con una vida plena y excitante. Me llevó a mi juventud despreocupada, donde no había letras de hipotecas, problemas con el taller del coche o falta de tiempo para tomarse un baño relajante y jugar con la espuma.

Cuando había tiempo para dedicarlo a lo que en verdad nos hacía felices.

No te saludé, entonces. Yo había cambiado mucho en diez años, y tú eras un hombre maduro y muy guapo, que probablemente estaría casado y con hijos ya adolescentes. Era una de tantas alumnas de las que no habrías de recordar el nombre.

Aquella misma noche soñé contigo.

Y el resto de la semana tuve la misma suerte.

Al cabo de dos semanas fui capaz de aceptar que necesitaba ir a verte y observar tu obra. Probablemente ni siquiera me acercara a ti, a saludarte, pero no podía seguir eludiendo mi necesidad de conectar contigo de alguna forma.

Aunque fuera solamente admirando los trazos de tu mano.

Todavía no entiendo como fui capaz de elegir la indumentaria, y mucho menos de hablarte con la desfachatez con la que lo hice. Mis sueños, la mayoría eróticos, probablemente me habían inducido a desearte, necesitarte y hasta casi dolerme el cuerpo por tu ausencia. Eso podía convertir a una chica en un ser muy descarado. Aunque sexo nunca me había faltado, lo que sí escaseaban eran los momentos de poder satisfacer mis fantasías.

Y te habías convertido en la principal.

Enjabonando tu polla te encontré en el baño, tras la primera corrida de la noche… Te acababas de quitar la ropa que habíamos manchado en el ascensor de tu apartamento. No te habías podido contener y me habías rogado que te la chupara en el pequeño habitáculo lleno de espejos antes incluso de llegar a tu casa. Tan caliente estabas desde que pronunciara aquellas palabras en la galería. Te había faltado tiempo para coger el lienzo con el que te había provocado y conducirme al primer taxi que pasó delante del edificio. Querías regalármelo… O más bien, querías hacernos a los dos un regalo.

Allí, en el interior del vehículo que debía llevarnos a disfrutar los placeres que nos deparaba la larga noche, me desabrochaste la chaqueta y te diste un festín con mis pechos expuestos. El sujetador y su broche te habían dado un morbo tremendo. Mis redondeces, iluminadas por tramos pasajeros de la luz de las farolas de la calle, te prometían actos lujuriosos que necesitaba regalarte. Y así llegamos a tu edificio, escandalizando al taxista con las obscenidades que te iba diciendo mientras le dedicabas todas tus atenciones a mis pezones. Pagaste, bajamos... Y en el ascensor sacaste tu enorme verga y me pediste que me arrodillara a tu lado.

— No sabes cómo lo necesito...

Tu miembro estaba tan caliente que me quemó la lengua al primer contacto. El glande hinchado, el cuerpo venoso y fuerte... tu mano en los huevos apretándolos con morbosa insinuación. Lo degusté con satisfacción, encendiendo todavía más la necesidad que tenía de ti entre mis piernas. Adoré tu verga unos instantes contra la piel de mi rostro, sin poder elegir entre lamerla mientras la observaba o introducirla entera en mi boca. Pero elegiste por mí, y me presionaste fuertemente contra la pared del ascensor, dejándome sin aliento y sin espacio entre tu pelvis y mi cabeza. Tres chupadas más tarde estabas corriéndote en mi vestido y en tus pantalones.

Recuerdo con deleite tus resoplidos contra el mamparo del ascensor.

Primera corrida.

Pasaste directamente al baño al llegar a tu casa, soltando el cuadro encima de la cama. Te sentí arrojar la ropa a un lado y abrir el grifo de agua. Miré el lienzo y también me desnudé. Con el cuadro, menos pesado de lo que habría pensado en un primer momento, cubrí mi cuerpo a modo de biombo, y llegué hasta la puerta del baño, que habías dejado abierta. Allí estabas, enjabonándote tus zonas viriles, dejando correr el agua a tu espalda.

Me miraste parada en el quicio de la puerta...

Tu polla se puso otra vez tiesa...

Me follaste como un poseso en la ducha. El jabón hacía nuestros cuerpos resbaladizos y de difícil aferre, pero tus garras me aprisionaban las nalgas y me empotraban contra los azulejos. No me quedaba más remedio que gemir agachada bajo el grifo, bien sujeta a él para no perder el equilibrio y caer al suelo. Sentía tu polla masacrar mi coño, tus jadeos retumbar en la estancia, el agua corriendo de fondo…

Me encantaba sentirte chocar contra mis nalgas…

— En el culo… Córrete en el culo…

El gemido que siguió a mis palabras me dio a entender que la elección era de tu agrado, y al momento sentí como introducías un dedo enjabonado en mi ano, dilatándolo. Momentos después tu enorme verga me llegaba al alma y me destrozaba las entrañas con su calor y su dureza. La introdujiste despacio pero sin pausa hasta que no pudo entrar más adentro. Gemiste en mi oído, aferrando mi cuerpo a la altura del pecho, abrazado a mi cuerpo mojado y cálido. Bastaron unas cuantas embestidas más así, casi sin separarte de mí, para que la sintiera hincharse todavía más y tus piernas temblaran junto a las mías.

— Me corro, ¡por Dios! Me corro en tu jodido culo…

Y así me llenaste… Como hacía semanas te había soñado.

Segunda corrida

— No te muevas—, me dijiste mientras seguías aplicando goterones de pintura al lienzo que tenías suspendido en el caballete. Llevaba dos días instalada en tu apartamento, olvidando las obligaciones del lunes que estaba por venir. Convertida en tu musa—. O tu coño saldrá corrido…

Ni te imaginas lo que se me pasó por la cabeza cuando escuché esas palabras. Tu enorme polla contra mi entrepierna, arremetiendo con fuerza…

Pero yo miraba el boceto a través del espejo que tenías a tu espalda, y por Dios bendito que no lo entendía. O eras un artista condenadamente bueno, o yo de pintura no entendía una mierda. Al final, la falta de práctica a la hora de ejercer sobre lo que había estudiado había atrofiado mis sentidos, y de colores y abstracción al final recordaba tan poco como de los acordes de guitarra que una vez me enseñara mi prometido.

Lo que sí tenía claro era una cosa: me encantaba tener las piernas abiertas para ti, allí, en tu estudio… sin nada más entre tu polla y mi coño de por medio que ese lienzo maldito y la tela de tus pantalones vaqueros.

Ahora, retozando sobre el lienzo donde se supone que estaba dibujada tras terminarlo… y no me veo, te observo sonreír con la juventud que una vez tuviste, y te devuelvo la sonrisa con la que sé que tuve, pero que no recuerdo. Tengo el cuerpo lleno de pintura, la boca con restos de semen y la entrepierna más que castigada. Llevo dos días posando para ti, follando como locos cada vez que nos entran ganas, y son muchas teniendo en cuenta que yo he andado desnuda en el estudio, y que a ti se te pone dura con mucha facilidad.

Tengo un trabajo que no me gusta, más facturas de las que puedo pagar y sueños eróticos por las noches que casi siempre me dejan insatisfecha. No he querido preguntarte si estás casado o prometido. Eres lo único que me despierta la sonrisa.

Eso, y pensar que nuestro cuadro va a venderse bien en la galería de arte, cuando se lea la etiqueta bajo el lienzo.

Coño de mujer.
Hembra deseada, concebida para el sexo.
Imposible no oler cuando te separa las piernas.
Oleo, semen y otras esencias.

FANTASÍA VII

Me había propuesto pasarme la tarde leyendo, de veras que sí. Lo que pasa es que siempre se cruza alguien en mi camino que al final me distrae de mis propósitos. Muchas veces es mi perrita la que no me deja concentrarme, echándome sus cortas patitas encima, llamando mi atención. Otras veces, simplemente... son las nubes.

Pero no. Esta vez ni perrita ni nubes. Andaba yo buscando un sitio en el cual sentarme a disfrutar de la lectura, cuando dos chicas me adelantaron corriendo. Me di cuenta que me había metido en el carril para corredores, y me apresuré a salir para no acabar siendo atropellada por alguno. Las dos chicas llevaban coletas altas y ropa de deporte, e iban conversando despreocupadamente mientras trotaban por el sendero. Se reían juntas, y hasta me habría parecido que podían ser pareja de lo mucho que se miraban la una a la otra.

Sin embargo, unos metros más adelante, se les cruzó un hombre que iba en sentido contrario, practicando el mismo tipo de ejercicio. Pasó entre ellas, como para molestarlas, y ellas se dejaron hacer... y se volvieron ambas a mirarlo cuando hubo pasado.

Las miradas de las dos chicas fueron esclarecedoras. Cualquiera de las dos mataría a la otra para poder acabar liada con aquel tipo.

El corredor en cuestión, sin ser mi tipo masculino, no estaba nada mal. Hombre de buena estatura, complexión atlética, y rostro con una mandíbula muy marcada. Pasó también a mi lado, ya que yo acababa de salir del camino aunque no me había alejado. Olía a sudor y a desodorante deportivo, una mezcla que nunca me ha gustado en exceso.

Pero a las muchachas parecía encantarle el aroma, su trasero enmarcado en los pequeños pantalones, y los músculos que dejaba ver la ropa de verano. Las imaginé empujándose la una a la otra para salir corriendo detrás de él, tirándose tierra a los ojos, agarrándose de los pelos…

El tipo de actos que solemos hacer las amigas cuando competimos por el hombre que de repente nos quita el sentido.

Porque, en cierto modo, hay cosas que no están escritas ni legisladas, pero debieran estarlo. Hay mandamientos que es mejor tener a mano para poder repetírselas una y otra vez cuando se está a punto de pecar. Algo así me pongo yo en el chocolate, pegando notitas en los paquetes recordándome que engorda más de lo que me hace olvidar mis penas. Otra de esas cosas que debieran estar escritas sería: "no desearás al tío bueno que sale con tu amiga".

Avisadas quedan, chicas. No se debiera hacer…

… Pero como no está escrito…

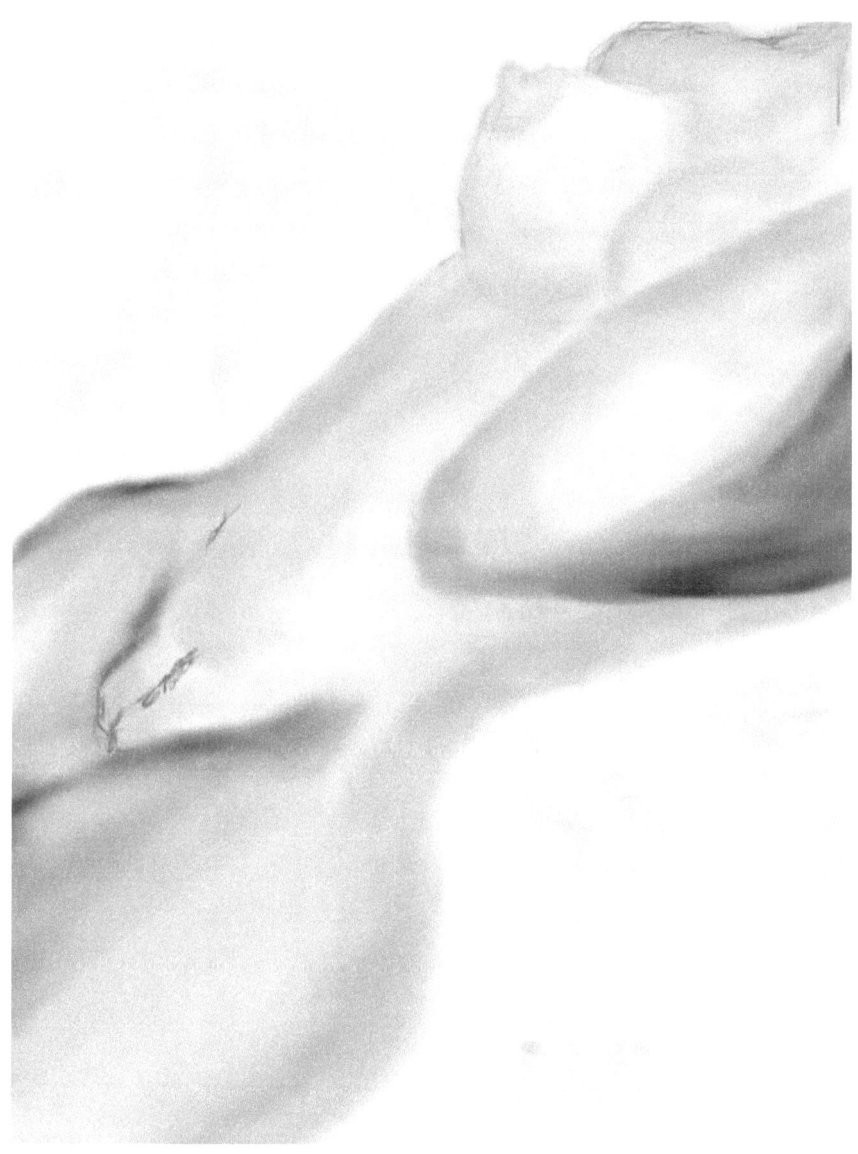

Perdona, ¡por Dios! Perdona…

Fui estúpida; lo sé, y lo siento. No sé cómo me dejé llevar, no sé cómo se me ocurrió hacerlo… ni cómo me atreví. Es verdad, lo confieso. Hacía tiempo que lo deseaba. Mirarlo era en sí ya pecado, y continué observando. Lo observaba mientras entrelazada sus dedos con los tuyos sobre la mesa, cuando te apartaba un mechón de cabello del rostro, cuando te susurraba palabras tiernas, pensando que nadie os miraba. Pero nunca debí pasar esa línea que quise trazarme, cuando aún me importaba algo más que el calor que mis entrañas sentían cuando él estaba cerca. Esa humedad que me endulzaba el carácter y me hacía mitigar la pena que sentía por fijarme en un hombre prohibido. Nunca debió aparecer esa necesidad y mucho menos instalarse. Me mojaba cuando estaba presente… pero permanecía mojada soñando con tenerle.

Lo siento.

No puedo olvidar la primera vez que me lo pusiste delante, cuando todavía tus labios no lo habían probado, ni sus dedos se habían atrevido a tocarte. Vuestras sonrisas eran tan castas y románticas que recuerdo que pensé que os merecíais mucho el uno al otro. Pero, en algún momento, simplemente, pensé que yo me lo merecía más.

Debí controlar mi respiración, relajarme y mirar hacia otro lado que no fuera su bello rostro o su adorado cuerpo. Debí contar las pulsaciones hasta hacerlas disminuir cuando su piel rozaba la mía en fortuita caricia, mientras estábamos los tres juntos. Debí morderme los labios cuando de mi boca salieron palabras invitándole al pecado. Esas que tú no podías escuchar al encontrarte lejos, pero que nos llevaban a los dos a buscarte, asegurándonos de que no nos habías oído. Debí olvidar su sonrisa, y el sudor que le provocaban mis deseos.

Debí cerrar los ojos cuando su piel se me expuso, al alcance de los dedos...

De veras que lo lamento.

Saberlo tuyo fue todavía más erótico que saberlo permitido. Sentirlo prohibido e inalcanzable sólo hizo que me muriera más por tenerlo. Fui mala, y no luché en contra de lo que sentía. Fui perversa, y desearlo noche y día se convirtió en toda una deliciosa agonía. Fui lasciva al buscarlo entre las sombras que debieron ocultarlo, fui morbosa al tantearlo, ofreciendo placeres que sabía que tú no le ofrecías, que en confesiones de falsa amiga obtuve durante tantas noches, cuando tú me contabas lo que sentías.

Y utilicé sin remordimiento ni dolor por mi parte.

La pena me embarga...

Buscarlo siempre, estuvieras o no delante. Sonreírle, tocarle, sentirle.

Morirme por cabalgarle...

Disfrutar del momento en el que supe que caería, acariciar ese instante con las yemas de los dedos, sabiéndome victoriosa, y esperando mi premio. Estremecerme, excitada, viéndolo rendido a mis malas artes; obligarlo a entregarse porque yo así lo había decidido... Ver su orgullo doblegado, perdido y sin resuello, fue el mayor placer que mi cuerpo había experimentado. Un goce tan magnífico, saberlo apartado de tu imagen divinizada en su pecho, que el mero hecho de recordarlo ahora me hace mojar las bragas.

Arrebatártelo, hacerlo mío, disfrutarlo como antes tú no habías hecho.

Obtuve un placer que no puedo explicarte sólo con palabras.

Su piel ardía ante la idea de rendirse a mis caricias. Sus labios se prendieron de mi boca en un magnífico instante, en el que nada le importó salvo saciarse del hambre que le había provocado. Su cuerpo se unió al mío en íntimo abrazo, se frotó y me llevó a un lugar donde poco nos importaba quien había a nuestro lado. Gran fallo no ser al menos comedidos, mitigando el daño.

Y peor fue hacerlo cerca de ti, pues pudiste vernos...

Y tan excitante fue, que por el mero hecho de ver tu rostro contrariado al saberte abandonada, mi cuerpo se llenó de orgullo y me permití el lujo de disfrutar del suyo apoyada en la pared donde todos nuestros amigos podían vernos.

Sombras y luces, funky de fondo, humo en el ambiente... y sudor en las manos.

Hombre del que no he de beber... no me lo des a oler, pensaba entonces.

El peor de los errores fue enterarme de tus sentimientos hacia él. Delicioso fijarme en su ser tal como me lo mostrabas a través de tus ojos. Si tan maravilloso parecía no podía ser que no pudiera ser disfrutado sino por una sola mujer... Y, si tan maravilloso era contigo, no podía ser que conmigo fuera a ser menos.

Pero yo no quería sus besos tiernos, sus caricias en el cine, sus miradas lánguidas o su caballerosidad al abrirte la puerta del coche. Yo quería lo que me imaginaba, y no hacías. Besos robados en una calle en plena noche, con la luna iluminando mis pechos recién descubiertos, aprisionados por sus dedos. Sus manos torturando mi sexo entregado en la última fila de una sesión mala de cine, con mis piernas abiertas para él, mientras mi boca jadeaba. Sus ojos clavados en los míos mientras me llevaba su miembro rígido a los labios, y desaparecía dentro, con mis uñas clavándose en sus muslos. Y que me empotrara contra el asiento del coche nada más abrir la puerta, levantando la falda y exponiendo mi cuerpo a las ganas de enterrarse al momento de abrirse la bragueta, sabiendo que siempre me encontraría mojada...

Otro error, no aferrarlo...

¿Cómo podías ser tan tonta como para mostrarlo y no cerrar el pacto? Imbécil fuiste, que sólo jugueteaste mientras lo observabas y esperabas que no se te escapara el premio. Demasiado tentador era como para que nadie quisiera arrebatarte tan preciado trofeo. Aquel al que adorabas, por el que suspirabas todas las noches, y que a mí, secretamente, empezó a calentarme la entrepierna.

Pero no fue alguien ajeno quien te clavó el puñal de la traición, sino que lo hizo una amiga frente a tus narices una noche de juega en el bar de siempre. Entre copas y risas, humo de cigarros, miradas perdidas y canciones pop, mi deseo incitó al suyo y explotamos en el centro de una atestada pista de baile. Amigos que lo sabían, amigos que no lo esperaban, amigos que nos vieron traicionarte en el preciso instante que mi mano se enganchó al ojal del pantalón vaquero que tan bien marcaba su deseada virilidad.

Lo miré y lo supe. Iba a tener que pedirte muchas veces perdón por aquello...

Mis nalgas quedaron presas de las manos masculinas que me acercaron a su cuerpo. Me perdí en su calor, y me encontré en sus besos. Nada me importó, y supongo que a él tampoco, porque sabíamos que andabas cerca y nos dejamos llevar por el ardor de los sexos. La realidad se desdibujó hasta que volví a sentir pared a mi espalda, donde me acorraló y me dejé tocar sin pudor maldito. Donde me dejé subir las manos desde las caderas a los pechos, de los pechos al cuello, y del cuello a los pómulos para sujetar mi rostro mientras me devoraban sus besos. Su pelvis presionando mi feminidad con absoluta indecencia, y mis manos agarrando su culo como si con ello pudiera evitar que el hechizo se rompiera. Tú tenías que haberlo visto, seguro... Y eso era más excitante todavía.

Nos señalaban. Nos miraban. Nos deseaban.

Y yo no podía lamentarme de eso en aquel momento. Me encantaba lo que sentía, aun a costa tuya.

Nos viste recuperar algo la cordura, seguramente. Nos maldecirías cuando de la mano, y con los labios hinchados por el esfuerzo, salimos por la puerta del local, atravesando humo. Me odiarías cuando ni miré hacia atrás al cruzar el umbral, cuando metí la mano en el interior de su bragueta buscando el ardoroso premio que me había ganado.

Y me odias ahora, claro, por contarlo así.

Follamos como animales en su casa. Lo siento mucho.

El trayecto en coche se nos hizo eterno, entre semáforos a los que no hicimos caso en el momento de cambiar de rojo a verde, de tan entretenidos que andábamos metiendo las manos dentro de la ropa del otro. El ascensor tardó lo indecible en dejarnos en el piso correcto, pues a todos los botones le dimos al apoyar él mi cuerpo contra ellos, elevarme sobre sus caderas y besarme con la pasión del que lleva años deseando el momento. Las llaves tardaron en aparecer y la puerta en ceder, ya que yo andaba enroscada en su entrepierna, jugando con sus botones, y era difícil acceder a los bolsillos del pantalón cuando las manos masculinas lo que querían era aferrarme la cabeza para que continuara buscando carne, y no metal...

Todo fue tan sumamente lento, tan tremendamente excitante.

Saberte encabronada por haberte arrebatado al hombre que deseabas no me importaba nada... Únicamente quería tenerlo enterrado entre mis piernas, bombeando salvaje, matándome de gozo. Acordarme de ti en aquellos momentos no hacía sino acrecentar mi deseo.

Lo lamento mucho.

Cuando me tuvo sin bragas sobre su cama, tapándome la boca porque su piso era compartido con otros cuantos amigos, luchó por ponerse un preservativo. Lo vi sufrir cuando arqueé mis caderas buscando el roce de su carne dura contra mi entrepierna. Lo vi sudar con cada intento de alejarse, mientras sus labios ocuparon los míos y sus dientes mordieron mis carnes arrancando gemidos de agonía. Él moría en el intento, y yo vencía nuevamente.

No consiguió ponérselo.

Me penetró tan fuerte que dolió en el fondo. Sin barrera, sin nada que redujera ese íntimo contacto, sólo con la absoluta certeza de que no era una locura, y que a la vez era la más grande cometida. Sufrió al hacerlo, lo vi en sus ojos. Él no quería, y a la vez lo deseaba tanto que no había nada que pudiera hacer por evitar meterse dentro, follarme profundo, sintiendo el roce íntimo y ardiente de la verga deslizarse por unas humedades deliciosamente provocadas. Le dolía cada vez que se enterraba, y lo disfrutaba como si la corrida fuera eterna. Gemí contra su hombro, arañé su espalda cada vez que se clavaba, y apresé sus caderas con mis piernas, rodeándolo en libidinoso abrazo. Me folló duro… y despacio. Tan despacio que sentí cada centímetro de verga al abandonarme, y cada trozo de carne al compactarse. Su polla era gruesa, era ruda, era obscena. Me hizo temblar y jadear con cada horrible movimiento. Y me mordía…

Sus labios me mordieron con pura necesidad…

Me mordió el cuello, los pezones y los labios. Lo hizo con fuerza, como si pretendiera vengarse de mí por desearme tanto y no poder evitarlo. Me mordió cada vez que la clavó como un cuchillo, cada vez que me sujetó las manos sobre la cabeza con fuerza, para mandar él sobre el ritmo, o para sentir que era él el que quería, y no yo la que lo obligaba.

Me mordió con los ojos cerrados, sin mirarme.

Me dejé devorar, en silencio, sabiendo que al día siguiente no sabría donde meter la cabeza, y sobre todo… por el orgullo de haberme atrevido a hacerlo.

Si, amiga mía. Me follé al hombre que me habías confesado que deseabas. Me folló el hombre que sabía que te quería a ti. Nos follamos con tu presencia entre nuestros cuerpos, y tal vez fuera eso lo que hizo, que al correrse dentro, empalada yo con violencia, deseara que me estuvieras viendo. Jadeó en un último instante, y casi creí escucharle susurrar contra mis cabellos tu nombre… Eso me llevó a mí al éxtasis. Y me dejó hecha una mierda más adelante. Pero en ese momento, en ese instante de gloria, elevada al cielo entre los brazos de tu amado, y por su polla prieta y obscena que yo le había levantado, dejé que me regara las entrañas sobre una colcha que nunca había visto, y que me tapara la boca con la palma abierta para que sus amigos no descubrieran que su condenado compañero se traía a putas a follar a casa.

Si, querida amiga. Fui mala, fui ruin, fui una zorra…

Pero volvería a serlo, con tal de follarme nuevamente al que hace estremecer tus huesos. Lo siento, sí, lo siento… pero por ti, no porque yo me arrepienta. Que al recordarlo todo, ahora al hablarte, me he dado cuenta… que he vuelto a mojar las bragas al acordarme de su polla enterrada en mis piernas.

FANTASÍA VIII

Otra de las cosas buenas que tienen los parques en verano son las fuentes. Pero no esas donde el agua queda estancada, se asean las palomas dejando un millar de plumas y caen las hojas de los árboles, ensuciando el agua.

Me refiero a esas fuentes donde el líquido elemento cae a un suelo preparado para recogerla y apartarla de los pies, donde los niños pueden ir en bañador para que les caiga un chorro encima, y chapoteen como si de charcos se tratara.

Mi parque tiene una de esas fuentes.

Aquella tarde de principios de verano, en plena ola de calor, la zona estaba muy concurrida. Niños y adolescentes saltaban de un lado a otro, disfrutando de la refrescante sensación. Yo los observaba, sin demasiada atención, mientras mi perrita daba vueltas alrededor del banco donde estaba sentada. Y, de pronto, apareció la pareja que iba a hacerme manchar las sábanas esa noche.

Cuarenta y tantos ambos, guapos los dos, cogidos de la mano. Un matrimonio de esos de serie de éxito estadounidense, con una casa grande, jardín trasero, y un par de hijos llegando del colegio y entrando por el porche. Paseaban como dos enamorados de veinte años, mirándose a los ojos con sempiterna sonrisa. Era todo tan idílico que no podía sino haber una explicación para ello.

Acababan de reconciliarse.

Una pareja que lleva tantos años juntos no podía estar tan acaramelada. ¿Qué por qué llevaban tantos años juntos? Porque mi mente quería imaginárselo de ese modo, así de sencillo. Para eso soy la que dedica sus tardes en el parque a vigilar a la gente, descubriendo sus secretos...

Aquella pareja estaba tan enamorada ahora mismo que algo muy malo les tenía que haber pasado hacía muy poco. En cierto modo, casi les tenía envidia. Si se conseguían solventar los problemas, saliendo fortalecidos de ellos, todo había merecido la pena.

Él, en un inicio de juego, se metió debajo de uno de los chorros de la fuente. Mientras se empapaba la camisa blanca ella echó a reír de forma escandalosa, sin tener ojos para nadie más. Su marido, extendiendo una mano, la invitó a unirse a él, y unos segundos más tarde ambos se besaban bajo el agua, rodeados de niños pequeños que daban saltos en chanclas y bañador, como si la fuente les perteneciera a ambos y entre sus cuerpos no hubiera tela mojada.

Sólo piel, bajo la cascada de una ducha en la intimidad de su casa, a punto de ser degustada.

Porque de miradas enamoradas y ojos tiernos no se alimenta únicamente el amor...

Acicalamiento

Tu reflejo tras la mampara del baño llama mi atención. Distraída y en ropa interior andaba por la casa, recogiendo las cosas antes de tener que reunirnos en la fiesta con el resto de los invitados. He entrado a buscar toallas y distingo tras los cristales que cubren la ducha tu silueta desnuda, muy masculina, y escucho el sonido del agua corriendo de fondo, chocando contra tu cuerpo y con el mármol de la pared del baño. Pero no es eso lo que busca mi mirada. Tu piel la tengo mil veces conocida, tus formas mil veces exploradas...

Aunque de eso hacía ya tanto tiempo...

En tu mano hay una hojilla de afeitar, y el ruido seco de su deslizar por tus ingles es lo que me llega a la entrepierna... Mi macho se está afeitando el cuerpo; para mí, para esta noche.

Mi macho se acicala...

Tenemos una fiesta esta noche. Sin niños, sin preocuparnos del perro, y sin horario de llegada. Hacía muchos años que no dejábamos todo a un lado para disfrutar de lo que éramos como pareja, antes de empezar a sumar miembros a la familia.

Y es que el perro nunca nos dejaba mucho sitio en la cama...

Antes, cuando llegábamos a casa no nos importaba si era de día o de noche. Con cerrar las cortinas nos valía para olvidarnos de la hora y de las responsabilidades de después. Apartaba la colcha mientras tú corrías las cortinas, y nos entregábamos a largas sesiones de adorar el cuerpo del otro.

No había momento más satisfactorio al que abandonarse.

El sexo siempre había significado mucho para los dos. Nos conocimos apenas con quince años, cuando nuestros cuerpos nos daban vergüenza y los pequeños placeres de la vida se incluían en una corta lista, que culminaba con los besos. Fuiste mi primer novio, y aunque después tuve varios más, mis labios acabaron por buscarte la noche en que, en una reunión de antiguos alumnos tras la universidad, nuestras miradas chocaron a través de una cortina de lucecillas amarillas colgadas del techo. Nos había quedado pendiente el sexo que no tuvimos de adolescentes. Y aquella noche nos dejamos llevar en el asiento de atrás de tu coche, en un descampado a las afueras de la ciudad, porque los sueldos de becario no daban para mucho y los hoteles estaban muy caros.

Luego, años más tarde, y casi sin darnos cuenta, llegó la monotonía a nuestras vidas. Almuerzos en casa de tus padres y de los míos, reuniones de trabajo, mi primer embarazo y tus constantes viajes para poder ascender en la empresa.

Tu primera amante…

Y la segunda.

Un intento de divorcio y dos años de paréntesis, en los que cada uno hizo un poco su vida compartiendo la misma casa, nos había hecho que volviéramos a descubrirnos. Primero, en los reflejos de los espejos.

Mirarnos directamente se nos había hecho incómodo. Cada cual tenía su propio dormitorio en la casa, y aunque nos cruzábamos por los pasillos y tratábamos de aparentar cordialidad delante de los niños, lo de fijar la vista en el cuerpo desnudo del otro se había convertido en una tarea muy arriesgada, por no decir imposible. Tú me espiabas en silencio, comenzando nuevamente a desearme, sabiendo que me arreglaba para otro, y no para ti. La mente masculina podía ser muy retorcida cuando se deja de poseer en propiedad algo que pensaba que nunca perdería.

Llegaron los roces en las escaleras, y los encuentros poco apropiados en el baño. Notar que alguna vez faltaban unas braguitas en mi ropero, o que habías cocinado algún plato para mí, dejándolo en la nevera…

… Sabiendo que era uno de los que usábamos como afrodisíaco hacía tantos años.

Me reconquistaste.

Dejé de verte salir por las noches. Pasabas las tardes con los niños, y hasta paseabas al perro por las mañanas.

Y me invitabas a acompañarte en tus viajes.

Esta noche es la primera vez que te doy una oportunidad, después de tantos años.

No puedo reprimir el impulso y abro la puerta de la mampara. Aunque ver tu silueta difuminada por el cristal, las gotas de agua y el vapor que sube por la temperatura de la ducha me resulta muy excitante, necesito la proximidad de tu cuerpo. Me miras, complacido de ser descubierto en una actitud pudorosa en el interior del estrecho cuadrado de cerámica y mármol. Tienes el cuerpo mojado, el cabello recién cortado, la barba arreglada y una sonrisa que ilumina todo el rostro. Me miras y continúas afeitando tus huevos, raspándolos levemente. Me excita el sonido, como de arañazos con la uñas cuando te las clavaba en la espalda mientras follábamos. Y a ti parece que te excita que te mire, me imagino, porque tu polla empieza a reaccionar a mi lasciva actitud. Te estás empalmando y eso me hace hervir la sangre.

Esa polla dura quiere atenciones.

Después de tantos años…

Pongo mi mano sobre la tuya y te arrebato la hojilla de afeitar. Y como no, tú te dejas hacer. La paso sobre tus pectorales, las axilas, el abdomen plano… retocando el trabajo que sé que acabas de realizar. Pero lo que me interesa está realmente más abajo, allá por donde solías ronronearme que me acercara cuando estabas muy cachondo. Allí, donde se concentran ahora todos tus sentidos, va mi mano. Agarro tu verga dura con los dedos de la izquierda y lamo tus huevos a la vez que la levanto. Aprecio como se te eriza la piel y se tensan tus muslos. Me encanta esa reacción tan carnal de tu cuerpo, tan increíblemente incontrolable. Podrás no gemir si te contienes lo suficiente, y hasta no erectarte si piensas en fórmulas matemáticas o físicas, pero nunca has conseguido que tu piel no se revele contra tus deseos de parecer inalterable.

Recorro tu polla orgullosa desde la base a la punta con la lengua, dejando un marcado rastro de saliva en el proceso. Aprecio su fuerza, su calor... Noto el color enrojecido que ha tomado tu capullo nada más verme agachar frente a ti, como si llevaras horas perforándome el culo. Es el color del sexo extenuante, del roce que ofrece tu piel contra la mía por la repetición, aunque yo esté completamente empapada y tú no dejes de humedecerme con tu saliva.

No te preocupes: te voy a obligar a tomar mi culo esta noche.

Tengo tantas ganas de ti...

Me la trago entera, hasta el fondo. Me llegas a la úvula y me atraganto con su tamaño. Me encanta sentirla muy dentro, sin poder casi respirar. Aferro los labios a tu base y te miro desde tu entrepierna. Siempre me ha encantado mirarte mientras te la chupo. Ahora tienes la boca abierta, en un gemido entrecortado que me vuelve loca. Me devoras con los ojos. Me agarras la cabeza y me fuerzas a continuar allí parada, y miras al techo mientras sueltas un suspiro seco y sonoro.

— Joder. Trágatela entera, nena. Mátame de gusto.

Si pudiera te contestaría, pero mi garganta está muy ocupada en intentar meter aire en los pulmones mientras succiono y aprisiono tu glande contra la parte posterior del paladar con la lengua. Y tragar... Pero las palabras resuenan en mi cabeza, aquellas que no pronuncio, queriendo que atraviesen la piel de tu capullo y se claven en tus oídos.

— Antes me muero que soltarte. Vas a tener que atragantarme con tu leche para que deje de chupártela—, pienso, sin dejar de concentrarme en la dureza de tu miembro.

Hacía tanto tiempo que la deseaba...

Aumentas el ritmo, follándome la boca. Mis dientes te arañan la base pero parece no molestarte, ya que tus embestidas son cada vez más brutales. Tengo que aferrarme a tus caderas para no perder el equilibrio y caer de culo en una de ellas. Y te devoro el capullo como si no lo hubiera visto en años; tristemente, como lo que era. Duro en el interior de mi boca, caliente y orgulloso de estar reventándome los labios justo cuando más prisa tenemos en terminar de arreglarnos. Empieza a babear cuando se intensifican tus gemidos, y tus embestidas hacen que mis carrillos se dilaten poniendo a prueba su elástica consistencia. Allí pones tus manos, entre mi barbilla, el cuello y los cachetes, impidiendo la retirada de tu verga antes de que me inundes con tu leche.

— Me voy a correr, nena. Te voy a dar toda mi leche. ¿La quieres, la quieres?

Yo sólo puedo mirarte y asentir, y gemir lastimeramente sabiendo que me atragantaré con ella. ¡Qué gusto! ¡Qué verga tan deliciosa! Tu polla caliente me está destrozando la boca. Me tienes completamente empapada la entrepierna, y más me excita imaginarme que luego podría vestirme de gala e ir oliendo a hembra en celo a la fiesta, sin cambiarme de bragas.

O sin llevarlas...

Con un gemido hueco te corres en mi boca. La siento caliente mientras sigues bombeando, aferrado tú ya a los perfiles de aluminio de la mampara mientras terminas de llenarme con tus últimos chorros espesos los carrillos. No suelto tu polla, la necesito hasta el final. Me gustaría poder tragarme hasta la última gota de tu leche. Escuchas incluso el leve chapoteo que produce tu carne dura sumergida en tu propio esperma y mi saliva, entremezclado con tus gemidos y maldiciones de gusto.

Cuando siento que tus muslos se relajan y la dureza de tu carne pierde consistencia la chupo una última vez, limpiándola y llevándome todo tu semen capturado sobre la lengua. Pego los labios a tu pelvis, allí donde se inicia el crecimiento de tu vello púbico, y dejo resbalar la leche por ellos, paseándome lentamente alrededor de tu verga y tus huevos. Cuando ya no queda nada en el interior de mi boca extiendo con los dedos tu corrida por toda la zona, dejando los pelos pringosos y resbaladizos bajo mi presión. No dejas de mirarme mientras respiras entrecortadamente, sujeto a la mampara, con las piernas abiertas y los testículos colgando ahora algo más laxos entre ellas. Hace un momento estaban tensamente sujetos contra el tronco de tu polla.

Tu pubis queda impregnado de tu esencia caliente. Perfecta espuma de afeitar…

Ahora estás preparado para que te rasure la entrepierna.

FANTASÍA IX

Acababa de quedarme con los rostros de una pareja que se veía que estaban como locos por arrancarse la ropa el uno al otro, y que me habían sugerido más de una escena erótica interesante. Iba ya para casa a darle la cena a mi perrita y quedarme tranquilamente frente a los folios para escribir un rato, cuando me di cuenta que quería cambiar de objetivo. Esa pareja tendría que esperar a otro día. Tenía que centrarme en mi nueva presa.

Aquella otra escena me estaba resultando mucho más excitante.

Un grupo de chicas…

En primavera, como ya sabemos, llegan las bodas. Esas que se debieran celebrar en otoño, pero que por prisas se hacen en la estación de la flores.

Mi parte preferida de toda la parafernalia que se montaba alrededor de ellas eran las despedidas de soltera. Y también se hacían en primavera. Un par de semanas antes de la boda, para ser exactos. Había que dejar que la novia se repusiera de todas las gamberradas de sus amigas, y para eso hacía falta dormir unas cuantas noches.

Las chicas estaban justo en la parada del autobús turístico, en la entrada del parque. Las imaginé queriendo hacer la ruta por toda la ciudad, en el piso superior, pegando gritos y animando a la novia a que se pusiera en pie en cada parada para que todo el mundo pudiera felicitarla.

Era lo que tenían los autobuses descapotables rojos: que daban mucho juego…

La novia iba identificada con su velo correspondiente, su vestuario de putilla buscando macho en lo que tenía que ser su última noche en la tierra antes del cataclismo, y un enorme ramo hecho de bolitas de papel unidos a palillos chinos. Del centro salía una enorme polla de plástico, comprada en algún sexshop de la zona, y que la mantenía ruborizada a la par que divertida.

— ¡Chupa! ¡Chupa! ¡Chupa!

En fin, las cosas normales que se vitorean en las despedidas de soltera, y que luego quedan inmortalizadas en una larga sesión de fotos que son subidas al tiempo a la cuenta de la novia en el Facebook.

La novia chupando la polla del ramo.

Esperaba que al menos fueran a pixelarle la cara.

Y, como no, la novia chupaba.

Pero lo hacía como no suelen hacerlo las muchachas a esa edad, que más tienen vergüenza de llevarse un falo a la boca delante de sus amigas que a que la miren hacerlo los desconocidos de la calle. Esta novia en particular se le veía que ponía ganas. Y eso me gustó mucho, ya que para remilgadas no estaban hechas las despedidas de solteras que se pasan las chicas semanas preparando.

Era una pena que una novia no aprovechara todas las ocasiones de ponerse en ridículo que le ofrecían sus amigas, y que tantas risas seguramente habrían provocado antes de aquel día.

Y, en verdad, lo divertido de una despedida de soltera no estaba sólo en el fin de semana en el que te embutías en la ropa a juego de todas e ibas en busca y captura de la novia, para hacerle un millar de perrerías. La diversión empezaba en el momento en el que se creaba el grupo de whassapp con todas las amigas por integrantes y con la foto de perfil de una tarta de chocolate con la forma anatómica correspondiente a lo que toca por las circunstancias.

Y, como no, el nombre inequívoco encabezando la pantalla: *¡Nos vamos al sexshop!*

Por supuesto, la novia no estaba nunca incluida…

Benditas despedidas de soltera.

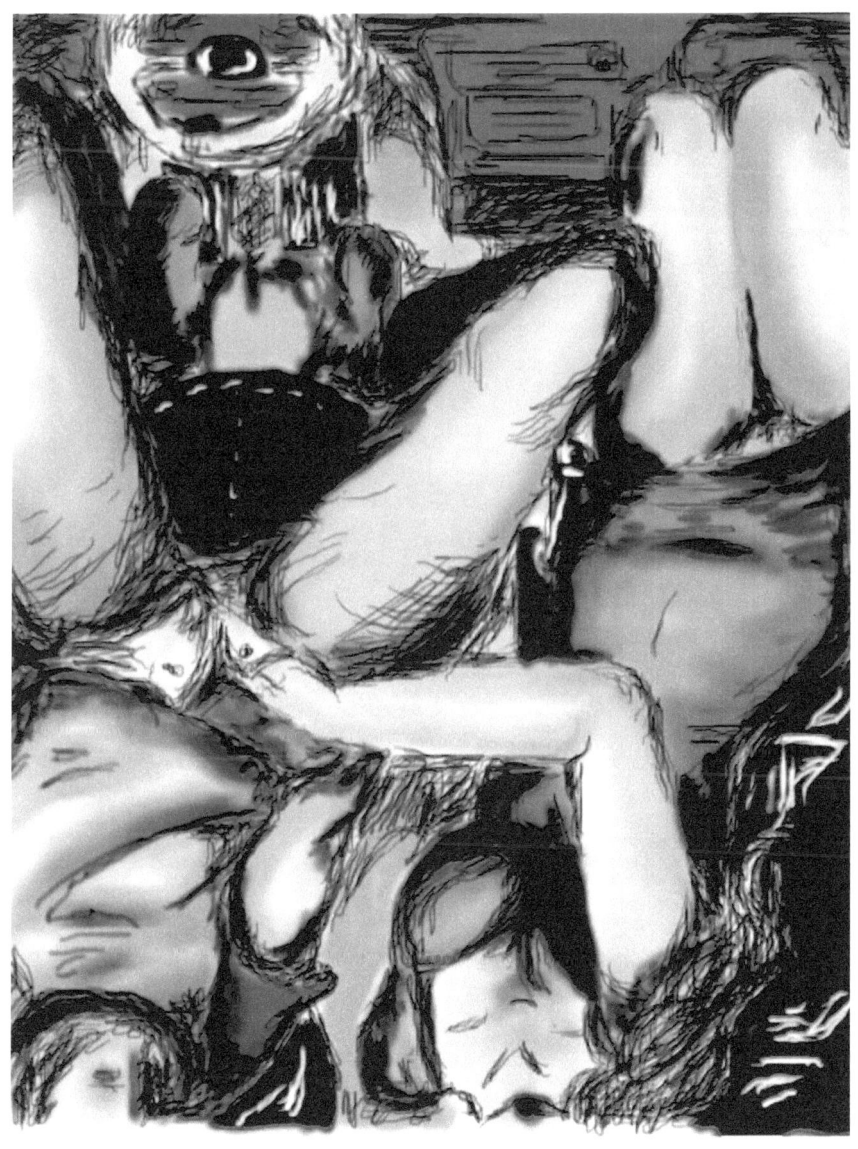

Como aficionarse

al tequila

Por Dios… ¡Cómo sacas eso ahora!

Me atraganto con las palabras que no puedo llegar a pronunciar porque me tiembla el labio inferior, y la lengua se me ha pegado al paladar al estar la boca escasa de saliva. Eso, es tu polla, y sacar… sí, la has sacado. Entera, dura y tiesa, a través de los botones de la bragueta de tu pantalón vaquero. Jugosa, plena, una delicia de polla erecta.

Coges mi mano y la depositas a pocos centímetros de ella, justo en tu muslo, para que sea yo la que dé el siguiente paso. Lo haces así porque apenas nos conocemos. Me acabas de recoger en la calle, cuando mi coche me ha dejado tirada a las afueras y no pasaba nadie. Eran las diez de la noche, empezaba a hacer frío y la ropa que llevaba para la fiesta de mi amiga no era la más apropiada para levantar el capó del coche y mirar lo que le pasaba al motor. Eso, sin contar con que levantar y mirar no sirve de nada cuando lo ves todo igual. Negro, sucio y metálico. Bueno, algo de plástico seguro que hay, pero no iba a ponerme a investigar cuales eran las piezas de ese material.

Tenía prisa… y me habías caído del cielo. Ya llegaba tarde…

Al pararte he de confesar que me ha dado cierto reparo. Habría preferido a una mujer, de esas con aspecto de poco peligrosas que se ofrecen a llamarte a un taxi para que venga a buscarte. Las prisas habían hecho, también, que no me diera cuenta de que mi móvil se había quedado sin batería. Maldito whatsapp, que me tenía todo el día enganchada al grupo de la despedida de soltera, y se había comido en un momento la batería del Smartphone.

Pero habías aparecido tú, chico guapo donde los hubiera, aunque con un coche bastante destartalado. Y diciendo que tampoco tenías mucha más idea que yo sobre mecánica del automóvil, ni ninguna otra mecánica ya de paso, te habías ofrecido a llevarme. Y, a pesar de que de primeras pensé en pedirte que me llamaras a un taxi y agradecerte el favor, no tenías pinta de ser un asesino en serie ni un tarado de esos que salían en las pelis de adolescentes, que acababan dando muerte a todo el grupo de estudiantes de instituto con un cuchillo poco afilado.

Claro que por norma general los tarados llevan muy bien eso de pasar desapercibidos hasta que te meten la primera puñalada.

Luego ya no importaba si terminaban de rematarte con los ojos inyectados en sangre o con una sonrisa angelical dibujada en la cara.

El trayecto, de casi media hora, fue de lo más entretenido. Habías resultado ser muy buen conversador, y pasé casi todo el tiempo riendo con enormes carcajadas. Tras la tensión de llevar un cuarto de hora en una carretera perdida de la mano de Dios se agradecía el interior calentito de tu coche, aunque oliera a tabaco y la radio no se pudiera sintonizar sino en el canal de los deportes. Ciertamente estaba tentada de aceptar esa copa que llevas ofreciéndome, cada cinco minutos, una noche de estas.

Me has traído a casa de mi amiga, y después de deleitarte tú con mis piernas y mi escote, decirme lo sexy que me encuentras aunque tenga todo el cuerpo pegajoso por la falta de aire acondicionado, y que has pasado un magnífico rato en mi compañía, has querido brindarme la visión de tus partes íntimas en todo su esplendor. Tremenda polla bonita la tuya.

— Por si quieres disfrutar de lo que has provocado.

¿Se me habría quedado cara de tonta? Aquello tenía que ser una broma de mi grupo de amigas. Yo, que llevaba más de un mes preparando la despedida de soltera de una de ellas, al final iba a ser a la que tomaran el pelo con uno de los strippers que habíamos contratado y que yo no conocía.

Tremendamente morboso lo de tener tu miembro erecto escapando de los pantalones, y tu mirada invitadora. Justo debajo de la casa de mi amiga, donde cualquiera podía pasar y vernos.

— ¿No quieres?

Claro que quiero... por eso la agarro. Pero sólo un instante, para demostrarte que en verdad espero encontrarte luego, cuando termine la fiesta con mis chicas, cuando ya no tenga más responsabilidades, pueda disfrutar de unas copas en tu compañía, o de unos condones...

Si era una broma iba a caer como una tonta.

— Si puedes esperar un par de horas...

Las palabras te saben a gloria; lo veo en tu rostro, lo noto en el temblar de tu polla que aún mantengo agarrada con los dedos, casi sin rozarla por miedo a que te corras. Todavía no, pienso. Quiero esa leche luego, en mi boca...

— Mastúrbate para mí, ¿quieres? No dejes que esta joyita decaiga...

Con la promesa de estar en aquella misma acera en dos horas aproximadamente me bajo del coche, no sin pena por tener que soltarte la polla. Sé apenas de ti tu nombre y tu edad, que eres simpático y que en principio no piensas matarme. Tal vez fuera interesante, por si las moscas, ir hasta donde vayamos a tomar una copa en taxi.

Si no fuera por la necesidad de reunirse a escasos días de la fiesta, imposible de retrasar, habría quedado enganchada en el interior de ese coche... con esa gran asa enarbolando tu masculinidad. Llego a la puerta de la casa de mi amiga. Sé que dentro estarán esperándome; ya llego más de treinta minutos tarde y el grupo suele ser muy puntual. Paro en seco, me atuso los cabellos alborotados por la subida de las escaleras corriendo, y saco un espejito del fondo de mi bolso. Al mirarme su reflejo me devuelve una imagen distinta a la que esperan allí dentro. Mejillas sonrojadas, frente perlada en sudor, rímel corrido hacia las sienes... Imposible no descubrir que me pasa algo. Retoco mi aspecto rápidamente, me estiro un poco el vestido y suspiro para quitarme esa excitante fotografía de la mente: tu mano aferrada a tu miembro tieso y henchido, y la promesa de disfrutarla por entera...

Penetrándome, sintiéndolo llegar hasta el fondo, ocupándome, arrancándome gemidos con cada embestida…

Esto último me lo había inventado yo, porque de tu boca sólo había salido la invitación de unas copas. Pero, desde luego, ¿qué hombre se sacaba la polla delante de una si no tenía intención de utilizarla para algo más divertido que para ir a orinar?

— ¿No vas a llamar a la puerta?— me pregunta mi amiga. Supongo que me ha visto a través de la mirilla de casualidad porque habré hecho ruido en el descansillo. Espero que no me observara arreglarme.— Llegas tarde…
— Perdón, he tenido un percance con el coche.
— Anda, pasa. Ya hemos abierto el vino y Jenny se está poniendo el modelito que vamos a lucir… ¡Tienes que verla! Vamos a llevar unas pintas… Todas acabaremos follando en el baño del local, con alguno de los camareros. ¡O mejor, con el tío que se nos desnude! Ese para mí. El mulato que practica boxeo…

¿Sólo uno? ¿Y yo que juraría que habíamos contratado a tres?

Y espero que uno no fuera con el que había quedado en dos horas.

— Ya has bebido, ¿no?— Mal comentario. Enseguida tengo en la mano una copa de vino y estoy contemplando a Jenny con un minivestido, que ha conseguido en todas las tallas que llevamos las del grupo. El de la novia es negro —imagino que por el luto de su soltería— y el resto vamos de rojo.

Bueno, al menos estoy morenita…

— ¿Qué te parece?—, pregunta Jenny, que lleva ya por lo menos tres copas y trata de mantener la minifalda por debajo del nivel de los glúteos, aunque sin conseguirlo. Hago una nota mental: con ese modelo de vestido no se deben llevar braguitas, por muy pequeñas que sean. Mejor que se te vea el culo…
— Vamos a llamar mucho la atención. No nos van a dejar entrar

así en el local. Nos vas a vestir de putas...— Y me trago de un sorbo la copa de vino bajo la mirada asombrada de mis amigas—. ¡Qué calor! Pero algo si es verdad, si esa noche no follamos todas es que el sitio está lleno de invidentes y homosexuales...

— Yo me quiero tirar a uno de esos... o a dos— comenta Jenny, bajándose de la mesa. Sus tacones golpean en suelo con un sonido sordo, pierde el equilibrio y cae.

— ¿Al ciego o al maricón?—, pregunta otra, que también está tratando de meterse en el vestido.

— A los dos... Y luego al camarero y al cocinero... Y si hay alguien que haga de esos cocteles con volteretas en el aire también.

Me viene a la mente Tom Cruise en una peli la mar de antigua.

Y pienso que como vaya con ese pedo y ese vestido va a acabar muy mal la noche... ¡Y qué demonios! Seguro que follar con más de uno en una despedida de soltera aun teniendo novio tiene que ser un pequeño pecado que luego se resuelve con tres avemarías. La segunda copa ya está en mi mano cuando me entregan mi vestido, y por más vueltas que le doy no sé como entrar en él si no es aceitándome todo el cuerpo. Otra nota mental: cualquier sujetador se vería también muy marcado. ¡Eah! A lucir también pezones...

— ¿Has traído lo tuyo?

— Está en esa bolsa—, contesto, desplomándome en un sofá. La segunda copa también acaba de la misma forma. Borracha a la tercera, seguro...— No, no me des más, que luego me duele la cabeza—. Rechazo el vino que me ofrece una de ellas poniendo la copa sobre la mesa, y observo como las chicas se pasan los objetos de una a otra, mientras hacen chistes vulgares acerca de la cara que se le pondrá a la novia—. Eso no lo abras, que si hay que devolverlo luego perdemos el dinero.

— ¿Y por qué va a querer devolver esta monada?— responde una. Tiene en las manos un magnífico falo, XXL. ¿Cómo me dejé convencer por el dependiente para llevarme tremendo bicharraco? Violeta, traslúcido, con bolas en su interior metalizadas, que según el chico, un tipo con pinta de hacerse pajas por debajo del mostrador mientras mira como sus clientas se ríen por lo bajo con los objetos expuestos, —¡si, nena!, mira eso un poco más, y mira el estante de abajo para enseñarme ese coñito bien mojadito mientras piensas en cómo utilizarlo… ¡oh, qué bueno!— era lo último en consoladores vibradores—. Si no lo quiere me lo quedo…

— Vale más de lo que te puedes permitir…

— Me hipotecaré… Pero éste no vuelve a la tienda—. Y lo estrecha entre sus tetas con ambos brazos, acunándolo como si de un bebé se tratara.

Lo recuerdo en tus manos, tu cara fija en la mía… Cuando cogí la bolsa del asiento trasero de mi coche corriste a ayudarme para que no cargara peso. ¿Caballerosidad? La verdad, lo dudo mucho. Creo que no fue otra cosa que curiosidad porque tardaste pocos segundos en mirar dentro de la bola. Y, cogiendo el mismo juguete erótico que ahora adoraba mi amiga, me habías mirado con mucha picardía.

¡Oh! No puedo evitarlo… Horrible no ser capaz de contener las ganas de correr escaleras abajo y ver si has cumplido tu promesa, si te estás masturbando, si me estarás esperando cerca, tomando una cena ligera antes de salir de copas.

¿Follar con un camarero vestida así? Si fueras tú…

Vale… Sucumbo…

Cierro los ojos mientras mis amigas siguen con los planes. Ahora están con el menú. Tengo tiempo de sobra para abandonar mi mente a las imágenes que me asaltan. Y en todas ellas andas tú, vestido de camarero.

Llegas a mi lado en la fiesta, con chupitos de tequila en la bandeja que portas en la mano, repartiendo la barra libre entre las excitadas asistentas. Me miras… Me devoras con la mirada. Me preguntas si quiero uno, asiento sin poder emitir palabra, observando lo bien que te queda el uniforme de camarero con el que acabo de dibujarte, y el sudor pegado a tu piel por cargar probablemente mercancías en la parte de atrás. Coges el pequeño vaso, haces que lo mire, y ante mi sorpresa lo llevas a tus labios y lo vacías en tu boca. Sin dejar de mirarme posas tu mano sobre esa zona donde la espalda ya no es espalda y me atraes hacia tu cuerpo con un movimiento seco y fuerte, y dejando caer tu cabeza sobre la mía posees mi boca, separas mis labios y dejas fluir el líquido cálido mezclado con tu saliva... ardientes los dos...

— ¿Y la sal?—consigo articular...
— Ven, que voy a hacer que la lamas en un sitio más... privado.

No sé como ha ocurrido, ni por donde me has llevado. Estaba tan absorta mirando cómo se ajustaba el pantalón a tus nalgas al caminar delante de mí, llevándome de la mano bien sujeta, —¿miedo a que me zafara en un arranque de lucidez y me perdiera entre la multitud?— que de repente me he visto en un cuarto en penumbras, con cajas apiladas hasta el techo, polvorientas, y barriles de cerveza que por falta de luz no parecen brillantes. Es lo que tiene jugar con la fantasía de una cuando llevas dos copas de vino; tus amigas andan gritando en un pequeño salón y tu mente se escapa en pos del hombre con el que desearías estar en ese momento.

Bendita imaginación.

Me giras con rapidez y me acorralas justo al cerrar la puerta detrás de nosotros, pegando tu cuerpo cálido contra el mío en un intento de evitar que pueda circular aire entre ellos.

Y espero...

¿Y qué haces tú? Bajas tus manos hasta mis nalgas, las aprietas con fuerza y presionas mis caderas contra las tuyas para que note esa tremenda erección que tiene dominada la parte baja de tu anatomía.

Y de repente te frotas rítmicamente contra mí, rozando mi monte de Venus contra tu polla, presa de un pantalón carcelero. Arriba y abajo, una y otra vez, doblando las rodillas para adecuar tu estatura a la mía. Sólo me miras, sólo me gimes a la cara. Sin sonreír, con toda la seriedad de alguien que está muy seguro de sí mismo, seguro de lo que hace, atento para descubrir si realmente estoy deseando que levantes un poco la tela del vestido y dejarme desnuda de cintura para abajo. Y como no te retiro la mirada, y también empiezo a jadear, y probablemente hayas notado que estoy empezando a mojarme los muslos con tus movimientos, me tomas bajo ellos y me montas sobre tus caderas, para depositarme dos pasos más allá sobre un par de cajas que me imagino habrás utilizado en más de una ocasión para lo mismo. La falda ya no me cubre al separarme los muslos para transportarme, aunque a ti poco te hubiera importado subirla con tus propios dedos, aferrando la lycra o tal vez simplemente desgarrándola con deseo.

El vestido rojo podía ser muy puñetero.

— ¿Te enseño de dónde tienes que chupar la sal?

Te retiras un poco, lo justo para meter tu mano entre nuestras caderas, y escucho el sonido de la cremallera al bajarse. Tus nudillos se mojan con la humedad que desprendo al terminar la maniobra, y te das cuenta que eso no se puede desperdiciar. Agachas la mirada, siguiendo el movimiento de tu mano para extraer de la bragueta abierta esa verga maciza que llevas insinuándome con sus roces. Y la depositas entre los pliegues de mi vulva, dejando el glande a la vista, como un invitado de excepción entre nuestros cuerpos calientes y excitados. Gimo ante su presencia, con su tacto sobre mis labios, mojándola entera. Vuelves a mirarme y sigues sin sonreír. Resbaladiza, fibrosa, ardiente. Estoy loca por tomarla entre mis manos, sopesarla, prensarla. Llevarla a mi rostro y acariciarla con mis mejillas. Que me golpees con ella...

— ¿Le echo sal, o te la tragas así?

Ni una sola sonrisa.

Dudo al contestar; no me lo esperaba. Puede que por ese motivo ya me hayas agarrado por el cuello y me hayas bajado hasta tu pelvis la cabeza en un movimiento rápido y preciso. Me la ofreces, orgullosamente potente entre tu mano, aferrada a la base, sin dejar escapar mi cabeza sujeta por la nuca. Huele a sal, a sudor, a sexo.

Brilla.

— Te la vas a meter toda en la boca, y te va a llegar tan dentro que no vas a poder respirar—comienzas diciendo—. Pararé yo para dejar que descanses. Si lo haces tú antes te castigaré con ella, y te aseguro que te parecerá que te golpeo con un palo de lo dura que la tengo. Me la chuparás sin descanso hasta que yo te diga y no vas a dejar de mirarme mientras lo haces. Empujaré fuerte contra tu garganta, una y otra vez. Fuerte. Hasta el fondo. Sin paradas... Y gemirás mientras lo hago, porque sé que te va a gustar. Te masturbarás mientras, te meterás los dedos en ese coñito rasurado mientras me la comes. Me llegará tu olor y me volverá loco. Lo dejarás preparado para mí, para empalarte, para arrancarte los gritos más excitantes que hayas tenido nunca. Te penetraré fuerte y rápido, te reventaré el coño si hace falta para que me pidas que termine, que me corra, que te haga correr. Te dominaré...

En este punto haces una parada, porque lo necesitas para tomar aire fuertemente y porque a mí me has dejado la boca seca simplemente de escucharte.

— Y si quiero me correré en tu boca, y te tragarás toda mi leche sin desperdiciar nada. Lo harás mientras tú te corres también, cuando te flaqueen las piernas de los temblores después de haberte follado como ningún tío te lo ha hecho. Te tragarás mi corrida enterita sin dejar de mirarme...

Y es cierto, me lo has dicho con tanta seriedad que no puedo dejar de pensar que vas en serio. Me vas a follar como nunca me han follado, y simplemente lo estoy deseando. Con esas palabras retumbando en la cabeza me introduces tu enorme polla en la boca, y sin tan siquiera darme cuenta me corro por primera vez...

Cuando empiezo a gemir en el sillón me percato, demasiado tarde, de que debía haber dejado mi mente tranquila. Algunas amigas ya se han dado cuenta, y la mayoría se ríen.

— Chica, creo que hay que darte menos de beber. O impedir que vayas a esa tienda sola. Cualquiera diría que te has corrido.

No me daría vergüenza decirles a mis amigas que casi, que lo estaba sintiendo. Pero no quiero tampoco dar demasiados detalles. A lo mejor se calientan ellas también y las conozco. Si estás todavía ahí abajo son capaces de acompañarme y meterse en el coche para conocerte… o para ver como follamos. Las muy putas…

Me levanto, me asomo a la ventana y observo la calle. Oscura, mojada por una lluvia que no he percibido mientras andaba bebiendo y chupándotela siendo mi camarero lascivo. Intuyo frío en la calzada… Pero ahí está tu coche, y tú apoyado en la puerta, con un cigarrillo en la mano. Me esperas… No puedo creerlo. Me esperas.

El coño se me vuelve a mojar. El vaho empaña el cristal de la ventana al suspirar de gusto, exultante ante mi triunfo al conseguir que sigas ahí, en la puerta de tu coche, con tu mano sobre la bragueta, despreocupadamente.

Me vas a follar, y sé que me va a gustar que lo hagas.

Me vuelvo hacia mis amigas y rebusco entre la bolsa de los objetos comprados en el sexshop. Dos… no, tres. Cojo tres condones, por si acaso la noche se alargue. Sonrío a mis amigas y los meto en el bolso.

— Creo que me están esperando. Nos vemos en la fiesta.
— Tía… Deja alguno para nosotras—, me dice Jenny, refiriéndose a los preservativos de colores.
— Son míos… que para eso me los regaló el dueño de la tienda. Mucho me tuve que agachar delante de la vitrina para que le entraran ganas de regalármelos…

Doy rápidos besos a mis amigas, sintiendo que las traiciono pero pensando que ya las compensaré en la fiesta dejando que sean ellas las que se liguen al stripper mulato y luchador de boxeo. O a cualquiera de los otros dos. Y corro escaleras abajo, sin importarme mucho si el maquillaje volvía a quedar hecho una verdadera pena.

Y es que estoy deseando saber de dónde sacaremos el limón...

FANTASÍA X

Hay gente que viene al parque con su MP3 y se tumba en la hierba a escuchar música. También los hay que se traen el ebook con la novela en curso, los que acarrean con la tablet y se ponen a ver el último capítulo de una serie en vez de disfrutar del paisaje, y los que no salen de casa sin su móvil, que hoy en día sirve para todo.

De todos, los que más gracia me hacen son los que se traen el ordenador al parque, y se ponen a hablar a través de una videoconferencia aprovechando la Wifi gratis.

Sí, mi parque es muy moderno.

Hablar por una cam debe ser interesante, al menos al principio. Si tienes lejos a la persona con la que quieres hablar, desde luego verle la cara ha de ser muy gratificante. Pero, ¿para qué más sirve la cam?

Al fondo del parque, contra el muro alto coronado de una valla negra, hay una muchacha tumbada boca abajo, mirando la pantalla. Sus brazos quedan tan juntos que hacen que sus pechos describan un bonito ángulo saliendo del escote de la blusa entreabierta. Desde luego, tiene que estar ofreciendo un dulce espectáculo a la persona con la que está hablando.

Constantemente se mira el canalillo, asegurándose de que sigue en buena posición. De vez en cuando se ruboriza, y se remueve como si necesitara que se le pasara un estremecimiento.

¡Ojalá pudiera controlar esta mente perversa!

Me la imagino en su casa, recién duchada y con la toalla liada a la cabeza, sujetando sus rizos mojados. Acercándose al ordenador con el pijama de lino empapado allí donde la piel más contacta con la tela.

Por supuesto... sus pechos.

Nada para terminar mejor el día de trabajo que entretenerte con la persona que te añora en la distancia. O con el hombre al que no conoces, pero que te sigue añorando, ya que no estás prestándole atención... y ya lleva media hora conectado esperando a que aparezcas en pantalla.

O, simplemente, esas personas que por casualidades de la vida se cruzan un día en nuestro camino, y si nos dejamos llevar al menos un poquito, pueden transformar una monótona tarde de martes en la más memorable desde hacía mucho tiempo.

Todo está, por supuesto, en la seriedad con la que te tomes la vida.

Y si nadie te ve el rostro, y te cuidas de que no puedas ser rastreada...

Déjame verte a través de esta pequeña ventana.

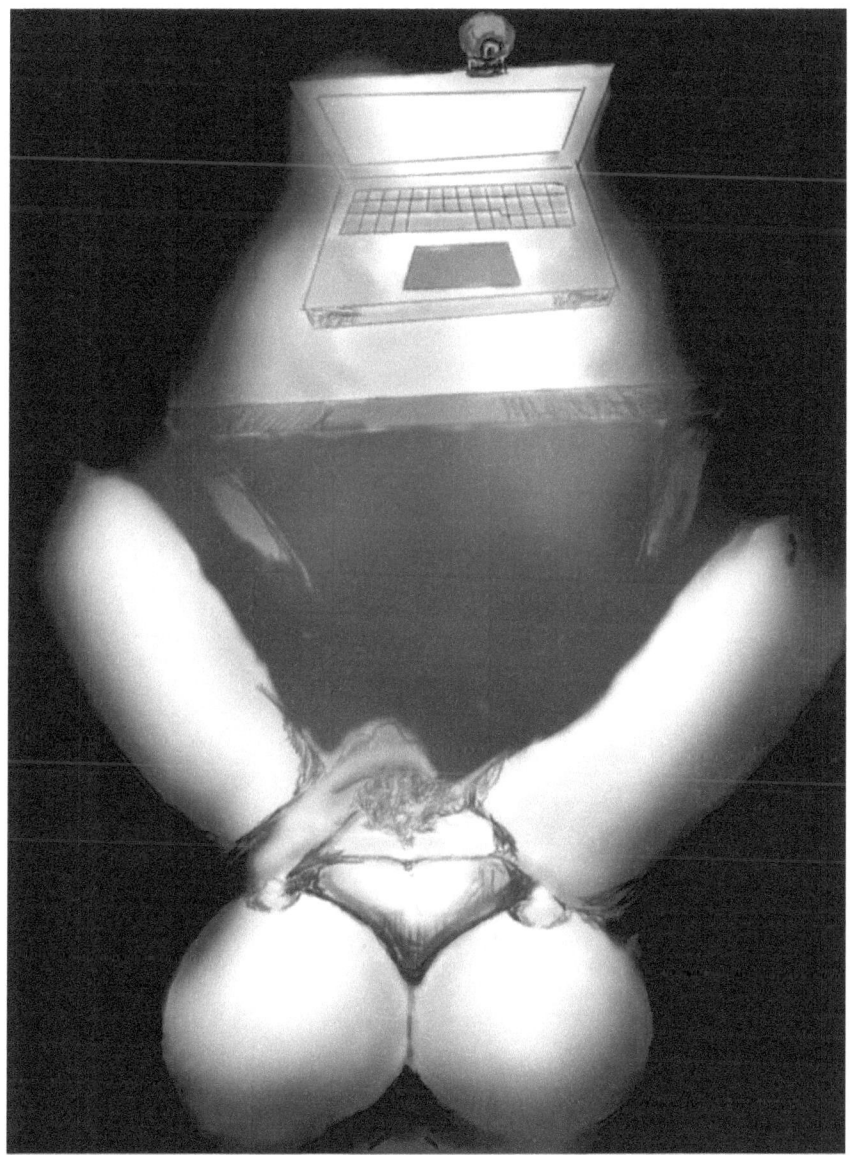

Can

Maldita máquina. Mil veces maldita, que en vez de servirme de trabajo me haces perder en las delicias de tus promesas vacías. Maldita, sí, porque me muestras cosas que no me están permitidas, y haces que las desee de la forma más asfixiante. Por más fuerza que le oponga ella siempre acaba usando malas artes para atraerme. Malévola nuestra mente, después de todo, ya que somos la que le damos el poder de hacerlo, y los que nos rendimos a la necesidad que nos ofrece.

Ser íntegra sin serlo. Pero aparentarlo siempre. En eso creí que consistía el truco para mantenerme sin cruzar la línea. Pisarla, tantearla, jugar con ella... Eso te ofrece la máquina. Observarla, desearla... y tocarla.

Cuando la has tocado, estás perdida.

Pero, para tocar, has de estar un poco más cerca de lo que la máquina te muestra. ¿O nos vale, al final, mirar a través de la pantalla, como si fuéramos espectadores que espían por las ventanas?

El día que la enciendes, y allí apareces...

El día en el que la encendiste, y decidiste aparecer.

¿Qué es tener sexo por cam?

Es un deslizar de dedos por un cuello perlado en sudor, llevando un collar de cuentas negras sólo para tus ojos. Ojos que miran al otro lado de la pantalla, sin yo verlos. Es un abrir sutil de la boca para mostrar la lengua mojada acariciando el interior de los labios, esos que no hablan porque para eso están mis manos, que escriben. Es un subir y bajar del pecho en una respiración entrecortada, un escote que se insinúa pleno bajo una tela de textura desconocida, un encaje de un sostén recolocado... por cortesía.

Es todo eso, pero mucho más. Es el morbo de lo prohibido, de saber que está mal y aún así sentirte a salvo en la intimidad de tu casa. Es olvidarse de lo que hacías con el ordenador dos segundos antes de que saltara tu mensaje. Si no fuera tan divino, nadie lo haría, y nunca me habrías buscado. Nunca te habría conocido... Mirar la pantalla no es tan obsceno como tenerte delate en el sofá, abierto de piernas, exhibiendo tus atributos. ¿O sí?

¿Esto se puede llamar, en verdad, conocerte?

Me siento más tranquila sabiendo que no me ves el rostro, y que no puedo ver el tuyo. Aunque siento curiosidad, no puedo negarlo. El saber que podrías ser mi vecino, o vivir en otro planeta, es muy excitante. Tan lejos, y tan jodidamente cerca...

La mano masculina que de repente se esconde, el codo que se mueve nervioso al otro lado de la cámara...

¿Qué estarás haciendo?

Un cruce de piernas y un roce de medias; y sentir la humedad allí donde las braguitas continúan estando puestas, donde nunca has mirado. Porque nunca he mostrado...

No sé lo que tiene esta máquina maldita que a todos embauca con sus promesas de morbo y lascivia. De los cientos de ventanas que se abren a diario, buscando mi respuesta, no entiendo por qué tuve que llegar a abrir la tuya. Puede que fuera la insistencia, o tal vez que te mostraste correcto. Puede tener la culpa esa primera foto que me inundó los sentidos, y que eso mismo pretendía.

Yo... que soy ducha en palabras y hábil en artimañas femeninas me rindo a la visión de tu mano aferrando tu polla envarada cuando pellizco el pezón de uno de mis pechos. Mis ojos sucumben a eso, a tu miembro caliente escapando de la bragueta, a tu mano fuerte aferrada a él durante tanto tiempo. Que para ti, la expresión estar duro durante horas, ha cobrado un nuevo significado.

Estar duro por mí, y yo así sentirlo...

Y es que llevas así ya mucho tiempo, mientras yo me debatía entre cerrar la ventana o hacerla más grande, para que ocuparas todo el espacio.

Que me dejara la boca seca una simple imagen no tenía sentido. Pero nada, en este mundo virtual, llega a tenerlo, o al menos a veces. No sabía ni tu nombre pero me mostrabas parte de tus atributos masculinos tras un saludo cortes y un par de preguntas vanas. Un mensaje, tras la foto, que simplemente invitaba a disfrutar… en la distancia.

El problema de estar demasiado tiempo sola, y necesitarte de pronto. Generaste necesidad. Eso es saber venderse.

Y así se completa el círculo. Alguien que desea que mires a cambio de poder mirarte en lo que quieras enseñar. Alguien que sabe lo que quiere, porque lo ha obtenido más veces. Y otro alguien que duda si lanzarse al desenfreno momentáneo que tu masculinidad le ofrece.

El que ofreció… tú. Y la que duda si mostrarte más… yo.

Un poco de torso, algo de vello donde la línea de la ropa interior ya no te cubre. Una verga exaltada por alguna fantasía que voy escribiendo mientras observo la pantalla, embobada. Un ruego por tu parte para que, en vez de escribirte… te hable.

Pero mi voz es un bien muy preciado, tal vez mucho más que la imagen de un pecho a medio erizar. Mis dedos siempre han sido ágiles, y no sólo en el deslizar aferrados a una polla dura, antes de desaparecer entre los labios que la aguardan.

Se me hace la boca agua de pensarlo…

Menos ropa cada vez por tu parte. Menos pudor por el mío al mirarte. Me veo apartar tela sin tapujos, pero sin entenderlo mucho tampoco. Una vez has empezado, y siendo anónimos, se establece la necesidad de contacto, y ofrecerte mi piel es el mayor de mis regalos.

La enorme diferencia entre sólo mirar… o yo a la vez mostrarte…

Mi mente cautivada de la sensación más excitante y viciosa, saberme deseada por esa inmensa polla, sentir mi coño dolorido sin que se haya introducido nunca en mis entrañas. Y saber que nunca estarás tan cerca como ahora de enterrarte entre mis piernas, en este momento en que las separo sin apenas mostrarte nada, mientras sigo escribiendo, prendada del movimiento resuelto de tu mano.

Empiezo a desear estar a tu lado, y oler el sudor que imagino.

Cualquier cosa vale ya. No sé si puedo sentirme satisfecha sólo mirando, mientras se enciende mi mente ante la perversión de entregarme a un completo desconocido. Hace tiempo, cuando no me veía teniendo una pantalla por amante, mi imaginación hacía maravillas antes de conseguir un nuevo hombre que conducir a mi cama. Pero ahora, mirando en la distancia, tengo instintos que no sabía que podían despertarse. Y, por el mero de hecho de espiarte como una voyeur, ofreciendo apenas unos retazos de tela vaporosa sobre la piel necesitada de atenciones, ardo en deseos de tener un orgasmo.

Mis dedos apartan más prendas, jugando con la idea de escuchar en la habitación una melodía que ofreciera la cadencia necesaria para hacerlo con gracia. Tu cuerpo devuelve el favor, poniéndose en pie para mostrarte por entero, duro y compacto en cada centímetro de piel que veo. Sin darme cuenta estoy desnuda, sudando ante la perspectiva de frotar mi cuerpo contra el tuyo, sucumbiendo al sexo más primitivo y básico.

Deseo sin más. Sin poder explicarlo.

Una mano sube por tu torso, acariciando zonas que sé que nunca tendré al alcance de la mía. La otra mano continúa entretenida con tu miembro erecto, moviéndose rítmicamente, ofreciéndome la visión más morbosa que he tenido en años. He dejado de escribir, aunque las manos no se mueven de las teclas a las que, hacía sólo un instante, daban vida.

Seguir con la mirada tu mano. No perder de vista tu polla...

Arriba y abajo.

Me permito la licencia de encender el sonido y escucharte gemir. Me permito la licencia de empezar a gemir, abandonando el poco pudor que me quedaba.

Arriba y abajo.

Ya no imagino música. Tu garganta es la que invade mi casa. Áspera y ruda, provocativa y desafiante. Me pides cosas, y no las hago. Me llamas puta, y hasta sonrío. Me cuentas lo que harías si me tuvieras al lado, e irremediablemente me mojo. Porque tu imaginación empieza a competir con la mía, y me doy cuenta de que he encontrado la horma de mi zapato. Perverso y morboso, descarado y obsceno.

Arriba y abajo.

Cada vez más rápido.

Verte explotar, vibrando. Espiarte en la intimidad que me ofreces en ese sublime momento en el que tu mano simplemente se aparta y tu leche se esparce delante, a tus pies. Y yo, sin querer apartar los ojos, sueño con sentirla salpicarme.

Ya no hay mano, ya no veo tu polla. Quedé prendada del líquido viscoso que me regalaste, mientras mirabas mi cuerpo a miles de kilómetros de distancia, y escuchabas como gemía mientras me hablabas. Lo único que importa entre los dos es esa leche manchando el suelo, tus gemidos de placer y el deseo en mis labios.

Tu orgasmo, resultado de tu vicio y el mío.

Y mientras tiemblo, pensando en que el fin está conseguido y que la máquina te apartará de mi vista en un instante, me doy cuenta de que lo que importaba era disfrutar del camino.

Erótico, morboso y visceral.

Sentir que me corro sólo de verte correr, sin que mis manos se hayan apartado del teclado… Únicamente con el movimiento de mi pelvis contra el tapizado de la silla de salón… ya mojado…

La máquina se llevará tu imagen, pero no tu recuerdo. Porque nunca se pueden olvidar las primeras veces, cuando despiertas a un mundo nuevo en el que el contacto físico deja de importar, y reina lo que hace tu mente con la información que tiene. Y mi mente se llenó de ti por un instante.

Por eso sé que puedo apagar la máquina y volver a verte… y porque no pienso limpiar la mancha del tapizado de la silla del salón. Que siempre viene bien recordar los placeres que una cam puede ofrecerte… aunque sólo a veces.

FANTASÍA XI

El parque donde paseo a mi perrita y doy rienda suelta a la imaginación está bastante cuidado, todo hay que decirlo. Es el típico sitio donde los turistas quieren pasar un rato descansando, aprovechando sus bancos o terrazas para tomarse un refresco o un helado en verano. Es un sitio de visita obligatoria si te dedicas a la fotografía o a la pintura en la ciudad.

Y desde luego sirve para buscar inspiración para escribir.

Últimamente, con la llegada de la lluvia, los deportistas vienen más bien poco. Se resguardan en zonas más cubiertas, como los centros deportivos públicos, que también los hay cerca. Tampoco vienen tantos niños con sus madres, y desaparecen las personas que toman el sol en la hierba.

Los que siempre están presentes son los perros, y sus dueños.

Aquella mañana de sábado, lluviosa como tantas otras, andaba yo paseando bajo mi paraguas con mi perrita enfundada en su chubasquero a medida, cuando me llamó la atención una sesión fotográfica en una de las zonas ajardinadas. Había un buen despliegue de personal pululando por los alrededores, peinando y retocando un maquillaje que tenía tendencia a desaparecer bajo la lluvia. La fotógrafa, escondida bajo un enorme paraguas transparente, y rodeada de focos a varias alturas que no estaban encendidos, daba instrucciones constantemente, con voz enérgica.

Y, al otro lado del jardín, permanecían a la espera las modelos femeninas.

De primeras me decepcionó que no hubiera ningún hombre entre ellas porque he de reconocer que observar posar a un tío que sabe hacerlo nunca me ha disgustado lo más mínimo. Pero al momento se me pasó.

Porque ella estaba allí, de pie, mojada cuan larga era...

Y casi desnuda.

No sabría decir si el anuncio para el que posaba era de la minúscula ropa interior o de las enormes botas peludas que llevaba. Era lo único que tenía puesto.

De resto, sólo había piel expuesta. Mojada, tersa. Y muy negra.

La modelo se encontraba entre otras tantas chicas, pálidas como recién salidas de un sarcófago. Desde luego, la piel de la muchacha destacaba de forma considerable sobre el cuadro que la fotógrafa quería recrear. Y entendí que la lluvia no estaba allí por casualidad. Las fotografías debían hacerse en un día lluvioso, para captar el agua resbalando por los muslos torneados. Daba igual si anunciaba ropa interior o botas. Ambas cosas eran blancas como la nieve, y la que importaba en aquel momento era ella.

A mí, que no soy lesbiana pero sí tengo ojos en la cara, la que me importaba era ella.

Y a la fotógrafa...

Que me daba igual si era o no lesbiana. En mis fantasías de aquella noche, esa fotógrafa le iba a hacer de todo a la modelo.

Palabra de mente perversa...

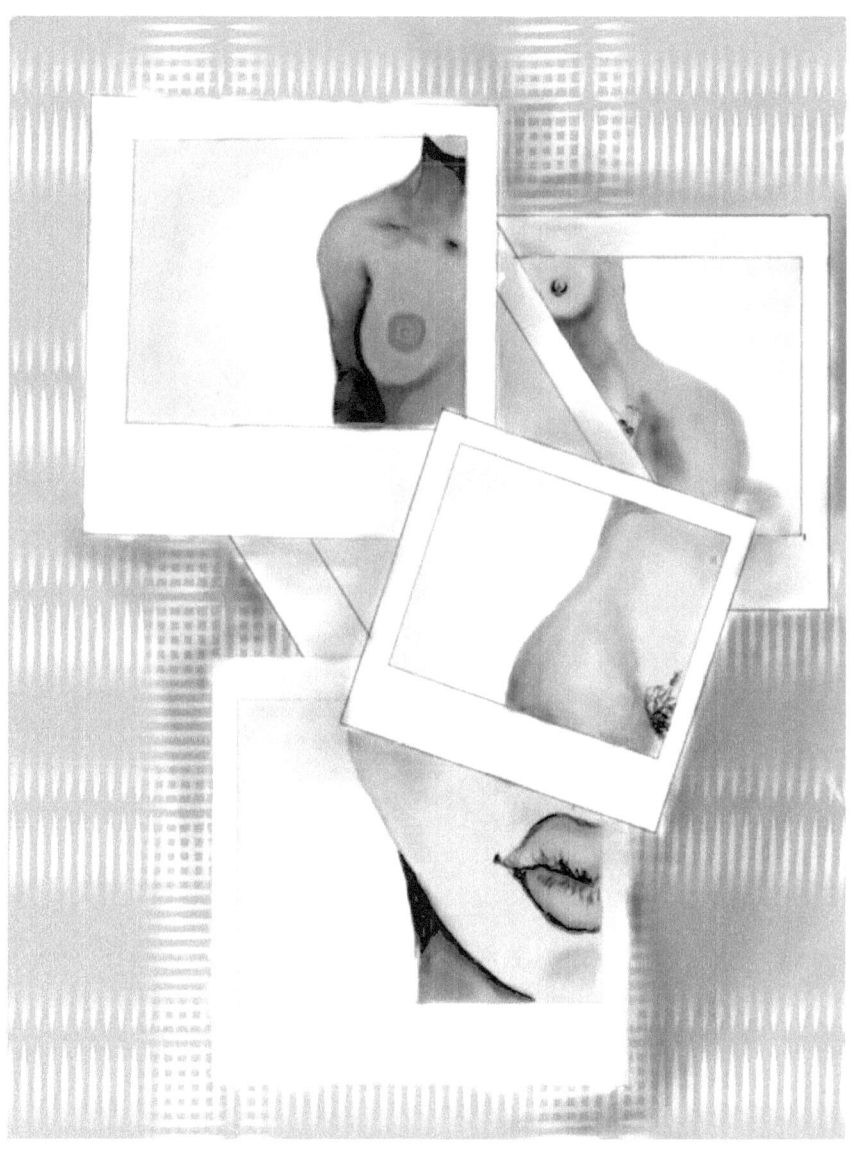

El perfecto acoplamiento entre los cuerpos, donde sólo se distingue el inicio de uno con el término del otro por el color de la piel, me deja completamente perturbada. Me pediste que mirara, y eso hago. Y ahora no sé cuánto podré resistir sin sucumbir al deseo de unirme a completar el cuadro. Amigo perverso... no me vuelvas a pedir esto... que me matas.

Tu polla entrando y saliendo de su coño, como hicieron en su momento mis dedos y mi lengua. Tus manos apresando sus nalgas de la misma forma en que las mías recordaban su piel plena y negra, en íntimo contacto. Tu boca enredada en sus labios, tus jadeos contra su piel, esa piel que me pertenecía... No, que me había pertenecido. Y tu mirada clavada en la de ella, y con ironía sobre la mía, buscando mi repuesta. Maldito amigo, que me hagas presenciar mi caída es del todo ruin.

Hacía tiempo que no me sentía tan ardiente.

Y celosa.

Te la beneficias a mi costa, riéndote de mi rostro contraído, mientras paso la puta prueba. Eres un cabrón y lo sabes. Si me tiembla todo el cuerpo es parte de lo que esperabas que pasara, y en eso debo darte la enhorabuena. Porque lo estoy pasando mal de verdad, y no sólo porque ella esté follando con un hombre, sino porque me he dado cuenta de que se llega a conocer mucho menos a una persona en su cama que en el trabajo.

Porque aquello era trabajo.

Esa que pensaba que sólo adoraba pechos y vulva ahora se restriega contra tu pelvis, engullendo en sus entrañas tu polla de actor porno. Esa negra, que me quitaba hace nada el sentido, me ofrece ahora el espectáculo de sus pechos moviéndose al compás de tus embestidas. Sus senos, coronados por pezones erectos, que no pueden evitar mostrarme que de verdad está disfrutando. Al igual que su coño brillante, abierto para recibirte, y expuesto para mi ojo experto...

Sentada en una butaquita, en la entrada del dormitorio, me he dispuesto a aguantar la prueba, endureciendo el alma para no quedar como una imbécil. Cámara en mano, sobre las rodillas, espero el pulso necesario para poder empezar a concentrarme en el encuadre. Pero la respiración no se desacelera ni contando ovejas, y eso que ya llevo varios rebaños. No esperaba que fueras a buscarte esta pareja. Me has dado donde más duele. Querías darme una lección ante mi prepotencia, y ha sido un golpe que realmente me ha afectado.

— No tienes cojones— me lanzaste, con la arrogancia acostumbrada. No te tembló la voz al soltarlo, y a mí me tembló el cuerpo entero al escucharte.
— Cojones no tengo... No seas vulgar. Pero por dinero, como está la cosa, hago lo que sea necesario.

No me lo creía ni yo, por supuesto. Hay cosas que no se hacen, por mucho dinero que te paguen. De esa forma había caído donde había caído, por no ceder en mis convicciones, ni dejarme manosear como mujer objeto, y menos por un hombre. Pero aquello estaba resultando tentador y molesto a partes iguales. Por muy puta que fuera una, nunca me vi observándote follar a otra. Y menos a ella. ¡Qué mala leche la tuya! ¡Ojalá se te caiga la polla!

Mi amada diosa... Esa a la que se lo comería todo durante interminables horas.

— Si no te tiembla el pulso con las fotos te llevo al estudio. Nos hace falta un reportero desde hace días, y todos los que han hecho las pruebas acaban yendo corriendo a masturbarse en el baño.
— ¿Quieres decir si las fotos son buenas?
— Conque no salgan movidas a la productora les vale. Los lectores no son demasiado exigentes en ese aspecto.

¡Con lo que yo había sido!

Reportajes todos los meses en las revistas más prestigiosas del país. Moda, famosos, paisajes de ensueño… Lo que me pusieras por delante fotografiaba siempre que le fijaran buen precio. Maldito hijo de puta aquel que me hizo perder el prestigio con mentiras y una buena posición para influir en los que me contrataban. Amigos hasta en el infierno tenía. Y por no dejarlo meter la cabeza entre mis piernas, y saborear mis bragas, me vi de la noche a la mañana subsistiendo con reportajes de bodas… si es que la gente aún se casaba. Demasiadas deudas para cubrir con eventos sólo los fines de semana. Hay veces, en la vida, en que decir que no a una polla sale muy caro. ¡Qué le voy a hacer, si lo que me gusta es otra cosa! Borraría de la memoria aquella noche en la que el director de la revista donde pensaba publicar mi última serie fotográfica me acorraló en el ascensor y metió la mano bajo mi falda. Su boca apresó la mía con violencia y apremio, sabiendo que sólo tenía esa oportunidad. Llegó tan lejos porque no me lo esperaba, y porque no quería que se me cayera el equipo fotográfico al suelo, que si no, no hubiese podido hacerlo.

Sus dedos recorrieron en un momento mi entrepierna, disfrutando del roce de la tela.

El bofetón dolió, lo sé. A mí y a él. Me ardió la palma inmediatamente, con rabia, al igual que ardía mi pecho de indignación. Pero lo peor fue su risa, mientras me apretaba la vulva bajo los dedos duros, y me pellizcaba el clítoris, con suficiencia. Grité de dolor, y eso pareció dejarlo satisfecho. Le encantaba provocar cualquier tipo de reacción, aunque fuera esa. Estaba segura.

— Este coñito no lo puede disfrutar únicamente una mujer. Seguro que necesita una buena polla…

No era la primera vez que me hacía una de esas insinuaciones tan groseras, pero sí era verdad que jamás se había atrevido a ponerme la mano encima. Mi cabreo era de tal magnitud que me importaba una mierda la excusa que pudiera tener, como por ejemplo el exceso de copas en la cena de trabajo de la que acabábamos de salir.

Mi respuesta fue la que firmó mi sentencia de ir directa a la cola del paro. El escupitajo le impactó en el entrecejo, y resbaló dividiéndose a ambos lados de la nariz. No se lo esperaba; su cara de perplejidad lo decía todo. De verdad que pensaba que no podía ser rechazado por una mujer que trabajara para él, por muy lesbiana que fuera.

Al menos le di por culo, vengándome con las fotos que a escondidas saqué de su insignificante verga a medio empalmar. Menos orgullo debí de tener, que luego me dejó sin trabajo. En vez de escupirle, debí salir corriendo del ascensor y recomponer mi ego mancillado poniéndolo a parir con mis amigas. Si al menos hubiera hecho algo con las fotos que le saqué por despecho mientras se la dejaba mamar por su secretaria en la sala de juntas tal vez tendría trabajo con otras editoriales.

Si es que para chantajear… no valgo.

Fotos pornográficas de tercera, entonces… Ni siquiera se necesitaba que fueran buenas, sólo que no salieran movidas. ¿Se podía caer más bajo? No iba a hacerme otra vez esa pregunta, de todos modos, porque sí… se podía… Aquello era peor, todavía. Que en la prueba en la que deciden si te contratan o no pongan a tu ex novia a follarse al tipo que te ofrece el trabajo… junto con otro desconocido.

Ella, modelo de lencería, con las curvas más maravillosas que se podían pensar. Negra como la noche, no simplemente tostada. Negra de verdad. La piel perfecta, cubriendo su voluptuosidad natural. Yo lo sabía, había recorrido con mis manos sus pechos y nalgas más veces de las que podía contar. No había engaños, se lo había dado todo la madre naturaleza. Y bella… mi ex era guapa a rabiar.

Nos habíamos conocido en un reportaje de moda, cuando yo andaba flotando en un mundo de lujo al que me iba acostumbrando poco a poco, pero gratamente. A nadie le amargaba un dulce, y a mí me gustaba lo bueno. Y esa diosa era lo más bueno que se había puesto frente a mí. Como se suele decir, enamoraba a la cámara… igual que hizo conmigo. Caí rendida nada más verla en la mini batita con la que llegó al estudio. Sus piernas bien torneadas andaban con gracia, de puntillas, fingiendo llevar tacones. Ni falta que le hacían con lo alta que era. Se sentó en un taburete frente a la cámara, colocada en un trípode, y esperó mis instrucciones. Yo lo que quería era vaciar la sala y desnudarla sólo para mí, recorrer sus miembros firmes con dedos trémulos y grabar en mi mente cada recoveco de ese cuerpo divino. Me había mojado las bragas... pero no sólo era eso. Era deseo más allá del mero calentón.

La sesión de fotos, con todo su trajín, me dio la oportunidad de apreciarla de una forma a la que no hubiera tenido acceso de haberla conocido en la calle. Se mostró sensual, provocativa, insinuante y más... Quería que me excitara, de eso no cabía ninguna duda. Sabía que era lesbiana y jugó con ventaja. Quería que la recomendara para más sesiones y así me lo dejó claro cuando me susurró unas palabras una de las veces que me acerqué para colocarla en la postura en la que la deseaba.

— Será un placer seguir trabajando contigo...

Se me secó la garganta y en mi pecho algo presionó fuerte. Un golpe rotundo, y luego una caricia. Había algo de promesa en el tono de su voz que me decía que ese trabajo podría acabar con nuestros cuerpos sin ropa sobre la tarima flotante de mi ático. Y no me importaba reconocer lo más mínimo que estaba dispuesta a recomendarla una y mil veces si así podía seguir disfrutando de su piel negra expuesta para mis ojos.

A mi ático la llevé a la primera de cambio, por supuesto...

Coincidimos en más sesiones de las que eran posibles achacar a la casualidad. Me aproveché de mi posición para recomendarla una y mil veces, cuando me hablaban de las chicas que aparecería posando en un paraje desolado, para promocionar el calzado deportivo del último anuncio, o el maravilloso lugar de vacaciones para el que me habían contratado. Todas las modelos parecían insulsas a su lado, su piel era demasiado especial como para que pudiera olvidarla fácilmente.

Estaba encoñada, estaba claro.

Y vivía como loca por llevarla a mi casa. Yo me hacía a la idea de que ella sentía lo mismo, pues en más de una ocasión me insinuaba que ansiaba tomarse la última copa en la terraza de mi ático, tras una larga sesión y una cena para celebrar el buen trabajo realizado. Deseaba que fuera cierto, no me importaba reconocerlo.

Y allí acabamos, por supuesto, un día.

Si sabía a lo que iba, precisamente esa tarde, no me dio ningún mensaje claro. Pero yo la deseaba, después de haberla solicitado en varias sesiones de la misma marca, en la misma semana, como una loca. Me conocía su cuerpo como si fuéramos pareja, incluso me había enseñado una tarde sus grandes pechos sugiriendo que alguna vez debería fotografiarla desnuda. Quería un book erótico para una novia. Novia, había dicho, y me había puesto completamente cachonda. Esa diosa estaba un poquito más cerca…

Habría que ver si merecía la pena comentarle que tenía un caché alto, o me valdría como pago contemplarla en poses más indecorosas. Me relajé, y dejé que la tarde transcurriera como si de dos amigas en confidencia se tratara. Mi ático tenía su pequeño cuarto preparado para improvisadas sesiones fotográficas, al que tan buen uso daba en momentos como ese. He de reconocer que nunca he sido una santa, y que en más de una ocasión me había follado a una beldad como esa entre carretes de fotos y objetivos carísimos rodando por el suelo. Y me parecía de lo más apropiado utilizar las paredes blancas para contrastar la negrura de la piel que se me ofrecía tan abiertamente.

Se desnudó con delicadeza. Yo no quería coger todavía la cámara; disfruté de cada movimiento y cada trozo de piel expuesta. Curvas y más curvas, cero imperfecciones. Me tenía rendida… me tenía muy excitada.

La deseaba como pocas veces había deseado a otra mujer. Siempre me había sentido atraída por el sexo femenino, aunque en la adolescencia la falta de madurez me había obligado a comer pollas. No voy a decir que no lo disfrutara, a fin de cuentas una boca es una boca, y si los dedos eran ágiles mi orgasmo estaba asegurado. Pero no me llenaba, y no pude ocultarlo durante mucho tiempo. Las pollas me excitaban poco, la metieran donde la metieran; la barba me molestaba más de la cuenta, y los cojones chocando contra mi culo no me decían nada de nada. El problema era que nunca me había atraído una piel negra, y ahora era lo único que veía. Parecía increíble que no hubiera explorado nunca esta faceta, que no la hubiera descubierto antes. Yo no era ninguna niña, y fotos a modelos negras había hecho unas cuantas. Era ella la que me tenía loca, ese color tan tremendamente oscuro.

— ¿Aceite?

Ni de broma iba a permitir que el brillo retirara los matices que me mantenían en constante excitación. La quería mate, sólo eclipsada, si era el caso, por la saliva de mi boca recorriendo sus orgullosos pechos. Resbaladiza sólo si acababa la humedad de mi entrepierna mezclándose con la suya en brutal movimiento. Quería mojarme con ella, ahogarme en su coño abierto, probarla y morirme con su sabor fuerte de perra en celo. Sabía que me estaba poniendo límites, que me estaba provocando. El aceite estaba de más... cuando tendrían que ser mis manos las que hicieran el trabajo para obtener un resultado perfecto. No le iba a dar el gusto de hacerlo tan fácil.

— Si sudas... mejor. Pondré los focos.

Y esa mujer sudó.

Y yo también.

No se anduvo por las ramas, y lo hico yo. La sesión, apenas iniciada, tuvo que ser pospuesta indefinidamente, cuando nada más comenzar retiró la tela de sus bragas a un lado y me expuso, con las piernas abiertas, su vulva bien rasurada. Sus pliegues sonrosados contrastaban dulcemente con el resto de su cuerpo, oscuro como el ébano. Separó los labios menores, mostrando un paraíso húmedo y cálido, y me perdí en ellos.

— Sabes que lo estás deseando...

Creo que dejé la cámara en el suelo, pero tal vez sólo cayó de mis manos antes de avanzar y enterrar la cara entre sus piernas. Ni un beso, ni una caricia… únicamente una salvaje necesidad de probar su sabor.

Meses probándola. Metiendo mis dedos en ella, lamiendo su sexo, arrancándole orgasmos. Meses llenos de gemidos ahogados contra su piel, cuando su lengua trabajaba mis partes íntimas, y yo me aferraba a sus pechos clavándole las uñas en el último momento. Meses de montarme ella, restregando su cuerpo contra mi pelvis. Meses de ponerme yo encima, con su muslo entre mis piernas.

Meses siendo mi zorra. Meses yo siendo su puta.

Y ahora esto…

Cuando el segundo tío se acerca a ella por detrás, mientras mi diosa cabalga al primero, sentado en una silla de la cual peligra la integridad de alguna pata con el meneo de sus caderas, yo monto en cólera. Su culo prieto moviéndose sobre la polla de mi amigo al menos ha calmado mi ansiedad, porque hacía mucho tiempo que no lo contemplaba… Tanto, como el tiempo de mi caída en desgracia. Ella se había alejado buscando otros fotógrafos, y por lo que había descubierto, la crisis nos había pasado factura a todos.

Pero este segundo actor viene a quitarme las vistas. Apoya su capullo contra el agujero de mi diosa, y presiona con determinación. Parece que se le va a doblar de la fuerza que hace. Pero su agujero cede, y los dos bombean ahora en su interior, arrancándole gemidos a la negra más negra que he conocido nunca. Y le gusta. Es imposible fingir ese rostro. Mi diosa está gozando de las dos pollas a un tiempo, y más sabiendo que yo la observo. Me regala su imagen, me regala sus jadeos… pero no me mira. ¡Mírame, joder! Y dime por qué no me habías dicho nunca que te iba tanto una verga.

Ramera…

Sé que tengo que sacar alguna puñetera foto, y eso intento hacer. Por una vez en la larga noche no me tiembla el pulso, y levanto la cámara para enfocarle la cara. Poco importa lo que sucede entre sus piernas, como se la follan esos dos pollones hormonados. Lo que quiero son sus ojos, su boca, el sudor perlando su piel. Quiero eso para las fotos que me llevaré a casa, aunque al final no me den el puñetero trabajo porque me negué a retratar una verga empalando el coño que tantas veces había recorrido con la lengua.

— Nena… regálame esa mirada.

Y ella, negra y lustrosa, jadeando como una perra, gira la cabeza para mirarme, entre el movimiento de ambos machos que se disputan la posesión de su cuerpo. Primero una embestida en el coño, otra en el culo, se retiran al tiempo, y vuelta a empezar. Y ella jadea por todo… pero me mira. Me mira porque en el fondo sigue siendo mi nena.

Sus pechos se elevan al girarse, y sus pezones se me ofrecen como tantas veces antes, duros y orgullosos. Pero mi jodido amigo se los lleva a la boca, mientras rodea sus nalgas con sus enormes manos, para frotarla contra su pelvis, y ponérselo difícil a su compañero, que quiere follársela igual de bien que él. Ella gime cuando los pezones pasan por su boca, cuando los muerde y succiona, cuando entierra la cara entre ellos y la menea haciendo vibrar todo su cuerpo. Pero me sigue mirando, aunque el otro le folle el culo a un ritmo frenético y sus manos compitan ahora por la posesión de los pechos plenos que tantas noches rodeé para quedarme dormida… ¡Qué coño! No es eso lo que recuerdo. Lo que me viene a la mente son las veces en las que me masturbó con esas tetas, restregándolas contra mi sexo húmedo y palpitante, que pedía a gritos su lengua chupando mi clítoris, y sus dedos recorriendo mi interior con determinación, entrando y saliendo con rapidez… Pero no. A ella le ponía restregar sus tetas contra mi vulva, y me torturaba así durante largos minutos, hasta que por fin estallaba y se las empapaba con mi orgasmo, que luego, gustosamente, limpiaba con largos y sensuales lametones.

Pero ahora sus tetas son de ellos, su coño es taladrado por una verga descomunal, y su culo sigue siendo torturado por la polla del desconocido, que gime y se restriega contra ella moviendo todo su cuerpo contra mi amigo, que recibe a la negra con gusto abierto de piernas, con los cojones colgando entre ellas, siendo aplastados por los envites del momento. Su coño brilla, y sé que no es por la saliva de ninguno de ellos.

Le está gustando. Y no soy yo la que se lo provoca.

Levanto la cámara, inmortalizo un par de imágenes de lo más groseras para mí, y me centro en sus ojos. Lujuria, lascivia y morbo teñidos de negro intenso. Me levanto y me acerco a ellos. Apesta a sexo, pero aun así me excita. Inclino la cabeza y me llevo su boca a la mía, apresándola en un profundo beso. Ella jadea contra mi lengua, y los movimientos de los tres me balancean de un lado a otro mientras me despido de mi diosa. Mi amigo me toca el culo y me acerca más a ella; ella me aferra las tetas por encima de las prendas de ropa y me soba con dedos expertos.

— Ábrete de piernas y deja que te lo coma...

Es ridículo hasta para una historia de porno malo como aquella. La voz de mi amigo me invita a unirme, a la fotógrafa que tantas veces se había follado a aquella beldad. Sí, muy mala tenía que haber sido en otra vida.

— Espero que las fotos le gusten a tu jefe. Necesito el trabajo.

Mi ex novia baja la mano hasta mi coño y mete los dedos entre la tela de las bragas y mi piel. Acaricia con maldad mi clítoris, y yo me estremezco. Mi amigo me sigue aferrando el culo, acercándome a ellos.

— ¿No vas a quedarte a ver cómo me corro?

Hija de puta...

— Rómpele el culo. Llénala de leche. Parece que eso es lo que esta zorra necesita.

Y cuando salgo por la puerta lo escucho blasfemar mientras se empotra contra ella, corriéndose como un loco, empujándola contra la silla y dejándola sin aliento. Mi amigo hace lo propio unos segundos más tarde, y me imagino el semen de ambos pintando de blanco la negrura de su deliciosa piel al salir de sus entrañas entre bombeo y bombeo, mientras ella se deja ir y se corre escandalosamente, siendo para esos dos capullos lo que meses antes había sido para mí.

Una jodida diosa...

FANTASÍA XII

¿Hay algo más divertido que una reunión de amigas? Vale, sí lo hay. Pero no es que haya muchas cosas que no se puedan hacer en una reunión de amigas.

Sí, también estoy pensando en sexo.

Cuando veo un grupo de viejas amigas, de esos que llevan años quedando poco porque les es imposible hacerlo más, me entra cierta envidia. La verdad es que tengo un grupo reducido de ellas, y las veces que quedamos normalmente son más para merendar que para otra cosa. Ellas, porque llevan a sus hijos. Y yo... porque llevo a mi perrita.

Y con hijos y perros no se puede salir de fiesta.

Era una noche de sábado de finales de verano. La temperatura era agotadora, y lo único de lo que tenía ganas era de volver a casa pronto. No tenía nada que hacer a aquellas horas, salvo ponerme a ver alguna serie que me levantara el ánimo, y escuchar roncar al animalillo a mi lado, estirada cuan larga era en el suelo, buscando fresquito. De pasada, y tras el paseo nocturno, me las encontré tomando algo en la terraza del parque.

Iban tan arregladas que quedaba patente que allí no se iban a quedar. Siempre me han gustado las personas que quedan de primeras en un parque, en vez de hacerlo en la parada del taxi o en una zona comercial. Así, si te hacen esperar mucho, siempre puedes aprovechar el tiempo en relajarte entre los árboles.

Y dejar que yo los espíe.

Sí, también podían aprovechar el tiempo con los mp3, los smarthphones, las tablets, ebooks, ordenadores y cámaras digitales.

Eso que lleva ya todo el mundo al parque, en vez de ir con las manos vacías. O en mi caso, con la correa de mi perrita y una bolsita para recoger sus cosas.

Aquel grupo llevaba bolsos extremadamente pequeños, en los que cabía poco más que un teléfono móvil y un par de elementos de maquillaje. Por no llevar ni cabría ni un paquete de pañuelos de papel. Se habían reunido en torno a un par de mesas unidad por ellas mismas, y habían puesto muchas sillas alrededor. Algunas seguían vacías.

Presupuse que seguían esperando.

Y mientras llegaban las rezagadas, las puntuales se pasaban móviles con la pantalla encendida, comentando y riendo.

Había un millón de cosas sobre las que podían estar hablando. Sin embargo, a mí siempre se me antojaba lo mismo.

Me imaginé que aquel grupo hablaba sobre la última vez en la que habían conseguido quedar todas, y se pasaban las fotos que habían hecho aquella noche, mientras cenaban, bailaban, bebían y reían despreocupadamente.

Una noche al año no hacía daño...

Fotos de los hombres que habrían intentado ligar con ellas esa noche. Fotos de selfies, hechas con ellos, antes de decirles que se buscaran otro plan, porque ellas no se iban a separar en aquella ocasión.

¡O todas o ninguna!

Fotos de tíos a los que la idea de estar con todas a la vez no les había parecido nada mal...

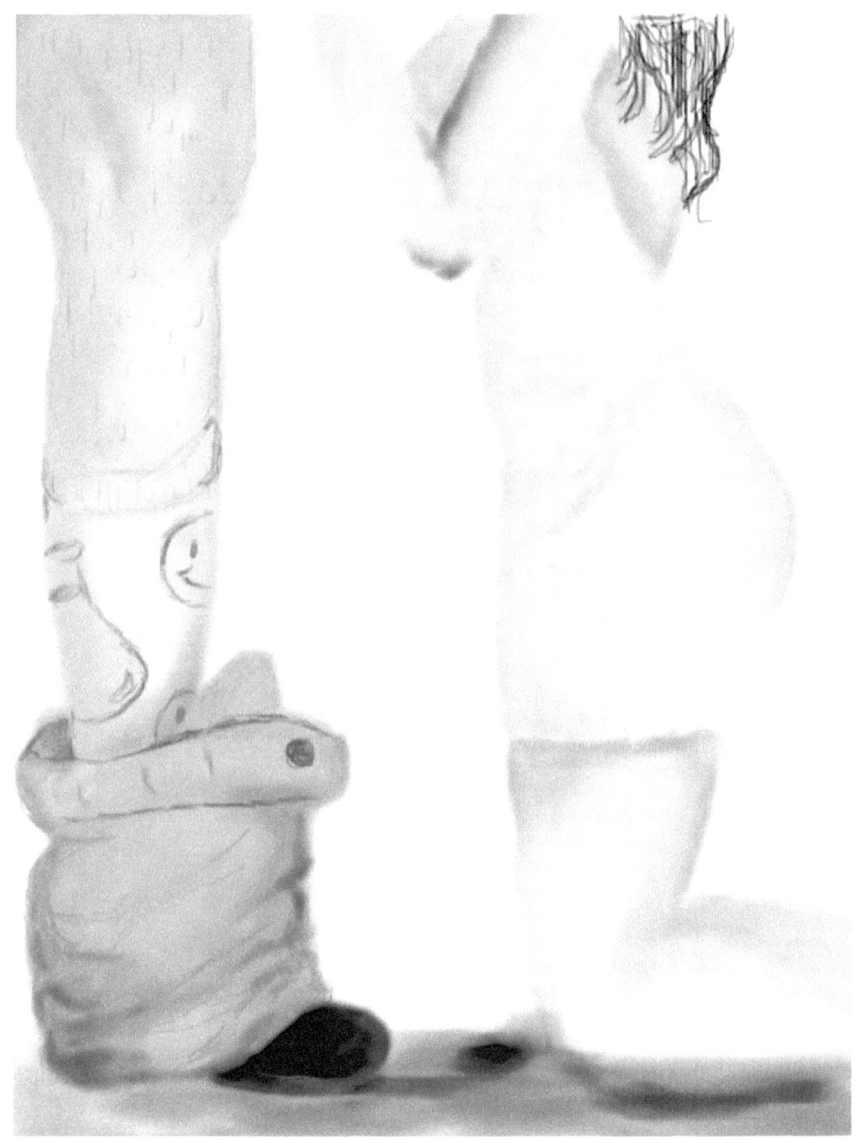

Tres mojitos más tarde, ya no me importaba que mis amigas hicieran burlas sobre mi ligue de aquella noche. ¿Qué más daba si eras más bien feote? La cosa era que al fin me había apetecido chupársela a alguien después de tantos meses, y eso me regocijaba enormemente.

Y es que no era fácil conseguir que me interesara por alguien a esas alturas de la película.

Salida de chicas, de esas que se consiguen cuadrar sólo dos al año, porque es imposible que tantos horarios diferentes coincidan después de terminar la facultad. Casadas y con hijos, otras separadas y con nuevo novio... Y también estábamos las eternas solteras, inconformistas hasta la médula, que no nos dejábamos cazar ni de broma. Algunas, las menos, simplemente no gustábamos demasiado. Yo, entre ellas.

Me considero mona, lo que se llamaría fácil de mirar. Pero tengo gustos muy raros. Un tío no me dura sino dos citas, y a no ser que sea muy lanzado, al final nunca llego a comprobar de qué tamaño tiene la polla. Soy exigente, y lo he sido siempre desde que tengo memoria. Y empecinada. Me gusta conseguir lo que quiero. Mi familia me consideraría caprichosa, y a mí me gusta pensar que soy, más bien, constante. Mis amigas me conocían ya a esas alturas, y por eso mismo les había sorprendido que no tuviera reparos en hacer algo de burla de mi propio comportamiento.

El alcohol, por supuesto, también ayudaba...

Quince mujeres, dos de ellas recién separadas, ocupando la totalidad de la longitud de la barra de bar de la terraza de moda. Los camareros, pasando por detrás de la larga fila de culos enfundados en minifaldas, que se contoneaban al ritmo de las notas de Jazz fusión de la noche, no podían morirse más de curiosidad. Y es que desde la primera a la última, nos pasábamos una y otra vez un teléfono móvil, y señalábamos y gesticulábamos con obscenidad, mirando la pantalla.

¡Cómo aquello llegara al muro de las redes sociales de alguna!

Era la quinta en cumplir el reto, pero ninguna lo había llevado a aquel extremo. Al final, todas habían terminado haciendo que el tontito de turno, que se hubiera dejado conducir al baño, se corriera contra la pared, o como mucho, contra la falda del vestido.

¿Acaso te dejarías acorralar por cinco chicas, una de ellas con la cámara del móvil inmortalizando el momento, mientras la que te había endurecido la polla con su mano momentos antes se te arrodillaba delante y te la sacaba de los pantalones entre vítores del resto? Créeme... Hay hombres que llegan a ese baño tan cachondos que se dejarían mamar la verga incluso delante de la policía.

Facilones...

Pero de primeras, la erección se les caía.

Así había empezado la cosa. Riéndonos de lo fáciles que podían llegar a ser algunos hombres. Comentarios obscenos, varias copas de alcohol y la variedad de la manada masculina que solía rodearnos, habían hecho el resto. Y luego... Un montón de pajitas de colores configuraron el orden de actuación de cada noche.

Nos costó una barbaridad, con la borrachera de hacía tantos años, pedirle unas tijeras a un camarero para recortar quince pajitas, cada una un poco más corta que la anterior. El camarero tuvo reparos en dejarnos las tijeras por si acaso llegábamos a sacarnos algún ojo con la tontería, pero bajo su estrecha vigilancia, e incluso con un poco de su ayuda, al final las quince pajitas estuvieron bien recortadas. Sobra decir que por lo menos una treintena acabó en la basura, por un mal corte entre risa y risa.

Las pajitas quedaron guardadas en un estuche de una conocida marca de ron, que como ahora mismo no recuerdo no voy a promocionar. Se iba a casa de la última en cumplir el reto, y lo tenía que llevar a la fiesta la misma, para pasar el relevo y elegir a la siguiente en cumplir la apuesta.

Así durante cuatro años.

Establecidas las bases, que habían sido redactadas en una servilleta de papel de color rojo del pub que vio nacer la idea, y que no se extendían demasiado ya que la servilleta era pequeña y nuestra borrachera, enorme... había quedado zanjada también la discusión principal del momento. Y es que para el caso, daba igual si estuvieras emparejada o no. Todas acabaríamos pasando por el cuarto de baño con algún tipejillo, le bajaríamos los pantalones y obtendríamos la foto para nuestra particular colección.

Foto, video... Al final daba igual, con tal de conseguir lo que queríamos. Pasar un buen rato sin pensar en que lo que hacíamos estaba bien o mal, si alguna acabaría divorciada a la semana siguiente o si le daría tanto asco que estaría varias semanas más vomitando por lo que había hecho.

Aquella noche me había tocado a mí.

Y ya puestos... te había elegido a ti... para chupártela.

Eras el que menos probabilidades tenías de llevarte a cualquiera de las presentes al huerto. Perdona que sea tan directa, pero es que parecías muy poquita cosa. Aún conservaba tu sabor en la boca mientras me ruborizada levemente al ver las imágenes de mi mamada en el móvil que acababan de pasarme. Las demás, me vitoreaban como sonido de fondo, mientras yo trataba de escuchar nuevamente tus gemidos. Me había mojado al escucharte. No esperaba que reaccionaras con tanta seguridad. Por norma general, los tíos solían amilanarse un poco en el primer momento, cuando entraban en tropel cuatro chicas a tomar fotos de la escena. Pero a ti... a ti se te había puesto aún más dura. Y a mí eso me había dejado desarmada.

Yo no respondía ante nadie. Sin pareja, sin responsabilidades... Para mí, una de las más morbosas de aquel grupo de brujas salidas, era el juego más interesante de la noche. Y, aunque teníamos muchos, desde luego nada podía compararse a la colección que íbamos montando tras cada salida de chicas.

Y tú no habías dejado de provocarme en toda la noche. Te merecías una lección, sin duda alguna.

Lo sorprendente era que hubieras llegado a atraer mi atención de aquella forma tan poco llamativa. No por nada hacía mucho tiempo que habíamos dejado atrás la táctica de derribar a base de saturar con la mirada. No habías parado de mirarme directamente a los ojos desde que entramos en el local. Estabas con un grupo pequeño de amigos, todos ellos con las mismas pintas de ratón de laboratorio. Perfectamente, esa misma mañana podían haberte estado inyectando cualquier tipo de sustancia en fase experimental y me lo habría creído. Y tus compañeros tenían tu mismo aspecto desaliñado... pero ninguno había cometido la desfachatez de mirarme, como un salido, el escote.

Te habían encantado mis tetas.

Y a mí, tu descaro. Que te pudieras ver follando conmigo me había sorprendido gratamente. No esperaba encontrar un reto aquella noche, sabiendo desde hacía meses que para la siguiente vez que nos volviéramos a reunir yo sería la que acabaría perdida de leche caliente. Bueno, en verdad no lo sabía, pero estaba muy interesada en ser la siguiente, y había puesto varias velas a Santa Rita pidiendo serlo. No por nada, teniendo en cuenta que el grupo era de quince mujeres, y las salidas como mucho cada seis meses, me veía vieja y con las tetas caídas antes de llegar a chupársela a alguien y salir en la foto.

Y en ese álbum quería lucir guapetona.

Mi reto de la noche: Que no se te bajara la polla cuando fueran a tomarte la foto.

Y tu reto de la noche... Que a mí se me cerrara la boca alrededor de tu verga cuando me llamaras zorra.

Hacía tiempo que ningún tío me trataba con tanta seguridad. Desde tu asiento, al otro lado de la pista de baile, tus labios dibujaron claramente la palabra zorra. Y yo, relamiéndome los míos, había elegido mi presa.

— Chicas, al baño.

Risitas de las afortunadas que lo iban a vivir en directo, gritos de las que se quedaban, animando la barra del pub. El hecho más sorprendente para todas, que me parara a dos palmos de ti, tan anodino como ridículo, y te señalara para que me siguieras. Todas habían pensado que trataría de elegir a alguien con menos pinta de lelo.

Y me seguiste, mirándome el culo, bajo el asombro de las mías y los tuyos.

— ¿Estás duro?
— ¿Y tú mojada?

No pude reprimir volverme a mirarte, sorprendida. Ciertamente, me acababas de mojar con tu petulancia. Deseaba comprobar si verdaderamente esa polla estaba tan caliente como tu lengua.

Cuarto de baño, bastante limpio para aquella hora de la noche. No demasiado estrecho, y lo más importante de todo... y por lo que se elegía el local: bien iluminado. Nada de que las copas estuvieran bien servidas, les pusieran azúcar en el borde del cristal a los cocteles, o los adornaran con sombrillitas y alguna que otra bengala. Lo que nos importaba era que el baño nos sirviera para lo que queríamos hacer. Amplio, luminoso, y si podía tener espejos y sillones para todas mejor que mejor.

Esperamos a desalojar la habitación para poder meterle sin que nos echaran del local antes de tiempo. Las chicas que salían se nos quedaban mirando con cierta cara de tener ganas de decirnos más de cuatro cosas, pero ninguna acabó abriendo la boca.

— Vamos a ver si verdaderamente tienes algo que ofrecer.
— ¿A ti y a cuántas de las tuyas?—, comentaste, dándote la vuelta y viendo llegar en tropel a por lo menos cinco de las

chicas.
— Conmigo te va a sobrar.
— Permíteme que lo dude.

Te puse la mano en la bragueta y, asombrosamente, pude comprobar que estabas completamente erecto. No diste muestra de sorpresa al hacerlo, como si estuvieras acostumbrado a que las mujeres te trataran como un objeto sexual. En ese momento, la mayoría de nuestros tipos de estudio habían flaqueado, y aunque se reponían con presteza de ese primer instante, causaba una profunda decepción en nuestra capacidad de excitarnos notar que la erección caía.

Tú estabas duro. Duro de verdad.

— ¿Os quedáis a verlo?

Por supuesto, mis amigas titubearon ante la pregunta. Ninguno había osado preguntarles nada en aquellos años. Se habían dedicado a intentar simular como si no estuvieran. Tú, sin embargo, las encarabas con el mismo rostro que lo habías hecho conmigo.

— Estás tardando en chupármela.

En el video no se escuchaban esas frases, que habían hecho que chorreara por el interior de los muslos. No se apreciaba el momento en el que me tomaste del pelo, y aferrando tu polla con una mano, me habías presionado los labios hasta que cedieron y acogieron el capullo sonrosado. No se había captado el "trágatela, zorra" que me habías dedicado justo en ese momento, cuando tu dureza se introdujo hasta el fondo de mi boca, y yo, sin creérmelo, me vi recorriendo tu verga con los labios apretados y la lengua sedienta de tu sabor a macho.

Sólo se escuchaban los gritos de mis amigas, que no esperaban que aquel tipo consiguiera meter la polla en la boca de alguien.

Y sin saber bien cómo, me centré en escucharte gemir, en sentir tus manos en mi cabeza impidiendo mi retirada, y tus movimientos de caderas follándome la boca. Con la lengua te presionaba, intentando mantenerte donde me sentía segura. Pero eras escurridizo, y te gustaba imponer el ritmo. La sacabas casi por completo, llevándote mi saliva contigo, para luego embestirme con fuerza, sujetando mi pelo. Me mirabas hacerlo y lo disfrutabas horrores, al igual que te gustaba mirar a la cámara, sacar la polla y golpearme los labios con ella, asegurándote de que se captaba bien toda la imagen. Una pena, una decepción enorme que no se grabaran tus órdenes, tus imposiciones, y sobre todo, tus insultos.

Cada vez que me llamabas zorra me latía el coño. Y tú lo sabías, puesto que aceleraba el ritmo cuando eso pasaba. Me podías haber puesto a cuatro patas delante de mis amigas y te habría separado las nalgas para que me follaras allí mismo. Tanto ansiaba sentirte chocando tus huevos contra mis pliegues, que la vergonzosa escena habría quedado como una anécdota más en mi repertorio de locuras universitarias.

— Quieres mi leche, ¿verdad, zorra?

Esa frase tampoco se escuchaba.

Se me veía asintiendo, y a ti sacándomela de la boca, echando mi cabeza hacia atrás, y comenzando a masturbarte contra la piel maquillada de mi rostro. Yo había sacado la lengua para recibirte, caliente y pringoso, y eso parecía que te complacía, puesto que te la frotabas haciendo descansar el capullo contra ella. Gemías como un animal, y yo me estremecía contigo.

— Trágala toda.

Me la hundiste hasta el fondo en el preciso momento en que estallabas. Te corriste contra mi paladar con abundancia, aferrando mi cabeza con ambas manos, mientras los latidos de mis sienes amortiguaban las quejas de mis amigas, que esperaban poder filmar semejante corrida. Tu leche resbaló por mi garganta lentamente, mientras te tragaba y limpiaba.

— Cierto. No me hace falta ninguna de tus amiguitas...

Esa frase si la captó el móvil. Las otras chicas ya empezaban a perder interés una vez te habías corrido. Desde luego, había sido la más memorable en los cuatro años de filmaciones y fotos, pero estábamos todas tan borrachas que la atención por algo había que ganársela a pulso.

— Bien hecho, zorrita. Avísame cuando quieras que vuelva a darte de comer.

Me quedé en el baño, de rodillas, viendo cómo te alejabas por el pasillo, apartando a mis amigas. Ellas me ayudaron a levantarme, y tras recomponer mi imagen levemente, salimos con el trofeo a festejarlo con las demás. Se la había mamado a un perfecto desconocido y nos habías brindado el momento más caliente de los últimos años.

Pero yo te necesitaba dentro...

Me habían pasado ya la cajita de ron con todas las pajitas dentro. Tenía que conseguir que llegaran a casa intactas, con la borrachera y el calentón que llevaba.

Y tras varias copas seguía necesitando tu polla taladrándome el coño.

— Cuando te vaya a devolver el placer—, me habías dicho—, que sea sin amigas.

Desde entonces, había corrido tres veces al cuarto de baño, asegurándome de ir completamente sola. No habías aparecido.

Y me disponía a ir una cuarta...

FANTASÍA XIII

Llevo un rato observando a una pareja que da paseos por el parque. Dos hombres maduros, pasados los cuarenta. Buen físico, aspecto pulcro y bastante atractivos ambos.

Al final han acabado sentándose en una de las mesas de la cafetería, y allí que fui yo, con mi perrita, a tomarme un café caliente y un crep con nata y dulce de leche.

Sí, soy una golosa... pero lo hice por mi perrita, que también quería algo para merendar.

Hacía frío a esas alturas del invierno, y el abrigo que llevaba me empezaba a parecer poco efectivo. El café me reconfortó mientras observaba los gestos de cariño que se dispensaba la pareja, bajo ciertas reservas. Era como si no quisieran aparentar abiertamente que estaban juntos, pero que de igual modo no conseguían evitar que se les notara.

Supongo que para demostrar tu orientación sexual siempre se puede encontrar el momento. Aquellos dos hombres, por los motivos que fueran, aún no habían encontrado el suyo.

Era erótico y tierno a la vez verlos rozarse las manos sobre la mesa, buscando el contacto. Los ojos les brillaban y se ruborizaban al acercarse para susurrarse confidencias. Llevaban abrigos de paño oscuro, y aunque no podía notarlo desde mi posición podía imaginarme que los dos guardaban sendas erecciones escondidas en los pantalones.

Tomaban café, hablaban, se deseaban...

Mi perrita me demandaba más comida y yo estaba embobada viendo a aquellos dos caballeros amarse en la intimidad de sus vidas. Eché en falta a alguien con la misma pinta que cualquiera de los dos, sentado a mi lado, con la misma cara de ternura.

Y, de repente, llegó ella.

Mujer esbelta y bella, luciendo también un enorme abrigo y un foulard tapándole casi medio rostro. Los tacones se le enterraban en la gravilla con cada paso, pero aun así no dejaba de tener un andar elegante. Se paró junto a la mesa y uno de los caballeros se levantó a saludarla.

Para mi sorpresa, le dio un beso en los labios.

Más embobada me quedé cuando la mujer se sentó entre ambos, dedicándole encantadoras sonrisas al que de repente parecía el perfecto heterosexual. El otro caballero, reposicionado en su asiento, guardando las distancias, los observaba a ambos como si nunca hubiera deseado desnudar a su amigo. La reunión transcurrió tranquila, quedando claro que la mujer y el hombre eran pareja, y el otro individuo estaba allí como de agregado por algún motivo que, por entonces, yo no podía imaginar.

Pero quería imaginármelo. ¡Vaya si quería!

La pareja se marchó al cabo del rato, y allí se quedó el caballero solo, terminando su taza de café, tras besar en la mejilla a la mujer y darle un fuerte apretón de manos al hombre.

Yo no dejaba de mirarlo.

Y él, que se había dado cuenta, levantó su taza de café a modo de saludo, mirándome con ojos penetrantes.

Me mojé. No puedo negarlo. Aquello iba a ser un buen motivo para cambiar las sábanas de mi cama.

Mi cara de sorpresa con tu respuesta y tus ojos ilusionados a la espera de la mía.

Un guiño, una sonrisa, un asentimiento.

Un compromiso: tu regalo.

Decididamente organizar toda esta parafernalia para ofrecerte lo que quisieras pedirme por tu onomástica tal vez me fuera a salir tremendamente caro. Una caída de los párpados al hacerte el ofrecimiento mientras la música sonaba de fondo en el interior tapizado con cuero de tu coche. La calefacción puesta, perlando de sudor las pieles de ambos. Las luces iluminando levemente tu rostro, con los ojos cerrados y el gesto tenso.

Y excitado. Te conozco. Estabas completamente cachondo. Aunque no te lo creas, después de tantos años, casi puedo hasta olerte.

Tras todo este tiempo juntos, tantos cumpleaños y tantos regalos, no sé qué ofrecerte que no te haya entregado ya. Siempre había querido ser la que eligiera, porque para mí, parte del regalo era tener el trabajo de pensarlo, imaginarlo, descubrirlo. Pero este año andaba perdida.

Necesitaba tu ayuda. Quería que eligieras.

Preguntarte qué quieres como presente, y verte sonrojar. Deliciosa reacción que me hizo humedecer las bragas. Verte dudar ante el deseo de contestar sinceramente o tras la cortesía de ser comedido en lo que se pide. Ganó, por suerte, tu egoísmo, y me perdí en tu respuesta al igual que lo hiciste tú en mi sonrisa.

Un trío…

Deseabas sexo para tu cumpleaños. Nunca me lo hubiera planteado.

No había imaginado que quisieras meter a alguien en nuestra cama.

Y nunca había pensado que me agradaría la idea de hacerlo.

La siguiente pregunta lógica que me asaltó fue la que seguro debías estar deseando darme. Saber, sentir. Verte temblar ante la idea de continuar con las peticiones, y yo excitarme sin remedio con la espera.

Había preparado la típica cena romántica, en el restaurante que durante tantos años nos había visto madurar como pareja, enfadarnos y reconciliarnos, hacernos adultos y hasta casi viejos de espíritu, que no de edad. Había esperado que en el último momento, antes de soplar las velas de tu pequeña tarta de cumpleaños, donde aparecían ya dos cuatros, se me ocurriera el regalo genial que hiciera que te brillaran los ojos y se curvaran tus labios, arrugándote sensualmente el rostro.

Pero no había sido así. Había tenido que ofrecerte lo que nunca había querido, que eligieras tú.

Y el resultado me había dejado, simplemente, hipnotizada.

Te cogí entonces de la mano, temerosa hasta cierto punto. Al fin y al cabo lo que me pedías era sexo y no dejarme por otra. Notaste mi mano titubear sobre la tuya pero la aferraste con fuerza, infundiéndome el valor que necesitaba.

— ¿Otra mujer?

La pregunta…

Hacértela, ya de por sí costó unos interminables minutos.

Y de pronto, sin más, mi mente se abrió.

Imaginándome lamiendo otro sexo femenino; tú empalándola, los dos fundiéndonos con el sudor que queremos provocarle. Magnífica imagen de la tercera devorando tu polla encendida tras recorrerle el coño y partirle el alma. Escena diabólica, la que me muero por brindarle a tus ojos chupando sus pezones y separando sus nalgas para facilitarte las vistas y la entrada al encularla.

Sí, me vi haciendo tantas cosas que todavía no he hecho…

Maravillosa escena.

Magnífica experiencia la que me esperaba.

Besar sus labios y mancharme con su carmín, enredar mis dedos en sus cabellos y tironear de su cabeza para exponer su cuello a la lengua que pretende degustar el sabor de su perfume. Y enterrar mi rostro entre sus piernas… Perder mis labios entre los pliegues que nunca he llegado a imaginar tan de cerca. Morderla, acariciarla… o simplemente observarla y olerla.

Me miraste, entregado y sonriente. Me sentí estremecer bajo la intensidad de tus ojos, clavados en los míos. Mi piel quemó sobre los huesos que se removían inquietos, extraña y deliciosamente excitados. Un ser expectante con cobertura de mujer, rendida a la voluntad de su esposo.

Mi mente siguió imaginando escenas. Ella, mordiendo mis pezones, a la vez que tú recorrías mi sexo con los dedos, antes de hacerlo con la lengua. Ella, masturbando mis zonas íntimas, mientras tú agarrabas tu miembro y te enterrabas entre mis pliegues, disfrutando de la humedad que me producían sus dedos expertos. Verte besarla mientras me follabas, meterle los dedos yo mientras tú me embestías con el vigor de un jovencito de veinte años.

Me moría por hacer realidad todas esas fantasías que nunca creí tener, que nunca creí que tuvieras.

Pero la respuesta que me llegó de tu boca, metidos en el coche hacía unas semanas, fue una bien distinta.

— Otro tío…

La respuesta.

Tus palabras me dejaron helada, e inmediatamente me ardió el coño... y desde ahí el resto del cuerpo. Me sentí quemar hasta las orejas. Dos pollas de las que ocuparme, dos pollas para sentirme plena y llena. Sonreí, completamente cachonda. Mi macho me quería disfrutar encelada como nunca, extasiada, rendida y sometida. Me quería retener en su mente tras dibujarme en sus retinas y regalarse los oídos. Mi marido me quería emputecida... me quería entregada a sus deseos lascivos.

Y me rendí; claro que me rendí...

Porque quería dos pollas, y las quería como él se las imaginaba. Una en mi coño y otra en mi culo, compitiendo por el espacio, disfrutando de los roces. Una en la boca y la otra en mi mano, acompasando el movimiento mientras disfrutaba del sabor. Una corriéndose en mis pechos... y la otra haciéndolo en mi vientre. Derramadas, ambas, para tu deleite... y, secretamente, para el mío.

No, secretamente no. No podía disimular que me moría de ganas de hacerlo.

Gozarlas al mismo tiempo, o sólo disfrutar una mientras el dueño de la otra se la cascaba observando. Morbosidad extrema el entregar mis entrañas al elegido para que tú te masturbaras con la visión de mi cuerpo penetrado por su polla. Regalarte mis gemidos, mis posturas, mi leguaje grosero y vulgar; ese que tantas veces te la había puesto tiesa antes. Decirte que me gusta cómo me folla tu amigo, mirarte a los ojos mientras jadeo con cada nalgada que le propine a mi culo, pedirle más polla sólo para que aumentes tú el ritmo de los movimientos de tu mano.

Y disfrutar yo de su sexo distinto y desconocido.

Sí. Sexo por el placer de mostrarte como me lo hace otro tío, y como me corro para complacerte. Y, por qué no... también porque me da la gana disfrutarlo. Al fin y al cabo, al elegir tú la forma de canjear tu regalo me das la opción de ser la zorra que siempre quise, que tal vez muchas veces soñaste, y que pocas veces nos hemos permitido el lujo de ser.

Sexo por sexo, sin más explicaciones. Dos cuerpos... o más...

Frotándose... golpeándose... chocando... sudando juntos, compartiendo mucho más que humedades.

Mi amante maldito. ¿Así me querías? Así me tendrías.

Asentir cuando se refleja la angustia en tus ojos. Saber que tu polla estaba tiesa, sin duda, mientras la espera se convertía en veredicto. Saber que sólo la idea te estremecía y te moja el calzoncillo, al igual que hacía yo con mis bragas. Saber, y empezar a conocer tu alma, como parecías conocer tú la mía.

Porque esto de querer un trío tenías que llevar pensándolo mucho, y no lo habrías pedido si no llegas a pensar que en verdad iba a ofrecértelo. Al final, me conocías en la cama mejor que yo misma.

Disfrutarte enterrado entre mis piernas mientras tú lo harás disfrutando de la follada que el invitado le dedicará a mi boca. Saber que no te perderás ninguna imagen de mi cabeza moviéndome para atrapar todo el trozo de carne del hombre al que elegirás para que se la chupe. Gemir contra él, aferradas mis manos a sus caderas, mientras mis pechos se menearán en el vaivén de tus embestidas... Impregnarme de sensaciones nuevas, morirme de gusto mientras, sabiéndote cachondo y deleitado cuando tu polla quieta en el coño sentirá el roce de la segunda en mi culo, y su presión te hará llegar al clímax ansiado. Él, entrando y saliendo, ocupando los agujeros que siempre han sido tuyos, y que en la vida pensé que fueran a ser disfrutados por nadie más.

Entrando y saliendo. Entrando y saliendo.

Tu rostro de satisfacción ahora que la imaginación dio un paso, y me tienes ofrecida a tu polla, bajo tu cuerpo, con las piernas abiertas recibiendo el peso de tu hombría con cada embestida. Y mi rostro sorprendido todavía cuando nunca pude imaginar lo que querías. Pero observar tu cara llena de goce teniendo al fin el regalo ansiado me deleita como si la segunda polla estuviera taladrando mi culo... y no el tuyo...

Tus envites empujados por las caderas de tu amante. Ese, que entiendo que te perfora el culo desde hace tiempo y que ahora quieres compartir conmigo. Cara de tonta que tuve que reflejar cuando lo vi dedicar sus atenciones a tus nalgas, y no a las mías. Cara de tonta, cuando se desnudó y frotó su cuerpo contra tu espalda, mientras tú me atraías hacia tu pecho, y comenzabas a besarme en los labios, pidiéndome sin palabras que me dejara llevar.

Cara de tonta...

¿Desde cuándo?

Eso se pregunta mi mente, mientras tus gemidos resuenan en mi cabeza, unidos a los suyos. Tus ojos buscando mi aprobación, clavándose en los míos, que juegan con los retazos de imágenes que les brinda tu amante. Su boca besando tu cuello, su frente apoyada en tu nuca, sus manos aferradas a tus caderas mientras imagino su polla perforándote el culo abierto y mojado.

Tu polla tan cerca de la suya, y sin embargo dentro de mi cuerpo.

¿Desde cuándo?

¿Cuándo te hizo falta algo más en la cama, y no me di cuenta? ¿Cuándo quisiste pedirme algo, y no te di pie? ¿Cuándo te imaginaste follar con un hombre y se te puso dura?

¿Cuándo lo hiciste?

Te escenifico en su cama, jodiendo desesperado, dejándose chupar la verga, masturbándote mientras se la devoras con hambre famélica. Te imagino y me mojo... Esa es la verdad. Me mojo. Te imagino tirado en el suelo, elevando el culo, entregando tu agujero a la dureza de tu amante, esperando el envite que te llegue hasta el fondo, el chocar de sus huevos contra los tuyos si los pones a tiro... Te imagino completamente erecto, con el rictus contraído mientras tu culo cede a la presión de la polla. Te imagino gozando de las manos que se anclan a tus nalgas, separándolas. Te imagino estremecerte cuando su saliva cae desde su boca hasta la abertura dilatada, y sientes el frío y la humedad para facilitar la entrada. Te imagino enterrando la cabeza en la almohada, sofocando los gemidos, escuchando los suyos mientras disfruta de tu trasero, y te masturba con dedos viriles. Te imagino...

¡Dios, cómo te imagino!

Y ahora ya no imagino, te miro y me mojo...

La rabia que siento se difumina al calentarse mis entrañas con las embestidas del extraño. La impotencia se transforma en morbo, y la sorpresa se torna en pura perversión. El hombre que tantos años me ha castigado el culo se corre desde vete a saber cuánto tiempo cuando otro macho le castiga el suyo. Te mueves, emputecido, contra mi coño, y me siento a punto de correr con la polla más dura que me has ofrecido en la vida. Y son tus jadeos los culpables, y tu rostro completamente nuevo.

Y sus jadeos.

Y sus ojos, clavados en los míos, mientras te folla y te empuja, mientras me rozas con tu pelvis por su peso.

Sus ojos, mirándome, mientras comparto a mi marido.

¡Joder! ¡Cómo me gusta que me folles ahora! ¡Cómo estoy disfrutando de tus necesidades, de tus perversiones, de tus jodidas fantasías!

¡Cómo me embistes! Nunca la tuviste tan dura, nunca me destrozaste tanto el coño como en este preciso instante... ¡Mátame de gusto, haz que me importe una mierda el hecho de que es el otro y no yo el que te ha puesto en tal estado! Nubla el resto de las partes de mi ser que ahora mismo no están pendientes de ese trozo de carne que me taladra las entrañas, que me encela, me moja, me calienta y me hará correr.

¡Dame más polla! Dámela porque es él el que te empuja, ya que tal vez ahora no es tu verga la parte que te produce esos gemidos. No son mis tetas ni mis labios, ni mi coño los que te encabritan. Es la jodida polla que te empuja al enterrarse en tu cuerpo y que te clava contra el mío. Dame más rápido, que me va a dar igual correrme por el ritmo de tus caderas, o por el de las suyas.

Fóllame fuerte, dame duro… Córrete en mis carnes, que yo lo haré con las tuyas.

Y ya decidiré luego si el que te gusten también los tíos mañana es un problema…

FANTASÍA XIV

Siempre me ha parecido que las correas tienen tendencia a dar mucho juego.

Sí, es verdad. Estaba otra vez pensando en lo mismo. ¡Pero es que me lo ponían muy fácil!

Allí estaban ellos, una pareja retozando sobre un montón de hojas marrones que se habían secado tras la tormenta de hacía algunos días. Tenían varios perros saltando a su alrededor, pero ellos no les hacían mucho caso.

Sólo tenían ojos el uno para el otro.

Y sí. Había correas de por medio.

De esas extensibles, que tan prácticas son hasta que a los animalillos les da por ponerse a enredarte los pies dando vueltas a tu alrededor persiguiendo a otro perro que se cruza en el camino. Cuando te quieres dar cuenta no tienes forma de moverte, y si intentas desenredarte sin sentarte en el suelo probablemente acabarás cayendo de espaldas, con los tacones en alto.

Sí, había cosas que no eran muy útiles a largo plazo.

Pero para otras daban muy buen servicio.

Y sí. También estaba pensando en sexo.

La chica estaba siendo atada por el hombre, que se había sentado a horcajadas sobre ella para poder inmovilizarla. Ella reía sin control, divertida, y él mostraba un rostro de lo más concentrado mientras mantenía sus muñecas en alto, dando pasadas sin control a la correa.

Pensé que era un aficionado. ¡Así no se realizaba una atadura!

La piel de la mujer hay que mimarla con cada vuelta de cuerda. Hay que presionar, ajustar, acariciar y lamer mientras los dedos pasan la correa, colocando cada lazada justo al lado de la anterior, sin dejar espacios.

Hay que vestir los brazos con la cuerda, no hacer que parezca un regalo de Navidad preparado para desenvolver.

Si yo le enseñara…

Miré la correa de mi perrita, corta y de un color violeta chillón para evitar dejármela olvidada en el parque, por culpa de mi morbosa afición al despiste observando a las personas. Con aquella correa poco se podía hacer para inmovilizar a alguien.

Aunque siempre se podía probar con algo más grande.

Iba a tener que buscar una correa de aquellas, aunque la usara solamente dentro de casa.

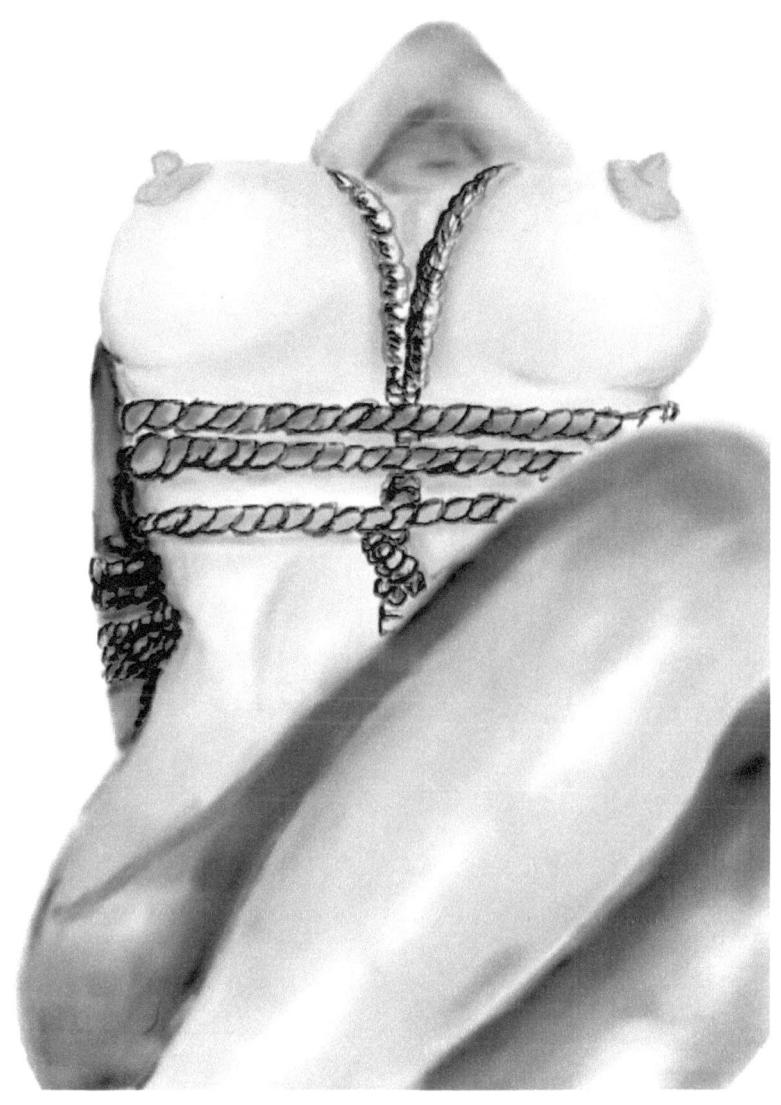

Me dolía aún todo el cuerpo, pero ese dolor me hacía recordarte mejor. Las señales en la piel se habían atenuado hasta casi desaparecer, pero si me esforzaba podía localizar zonas donde aún notaba marcas.

Las marcas de tus cuerdas...

Era la tercera vez que visitaba tu piso, y la primera vez que rebuscaba en tus cajones. Sé que no debí hacerlo, pero fue tan tentador descubrir tus secretos, con la poca información que me ofrecías, que no pude resistirme. Necesitaba saber con qué clase de pervertido me estaba metiendo en la cama.

Y resultó que eras uno de esos a los que les gustaban las suspensiones.

Aunque, de primeras, no supe a qué te referías...

Acabábamos de llegar de la calle, tras una sesión de cine y su cena correspondiente. Había sido para ti un día agotador por el trabajo, el estrés de tus hijos y las discusiones con tu ex mujer. La película, por lo tanto, debía conseguir relajarte. Y la cena, igual.

Ya para empezar... nos equivocamos con la peli.

Al final, lo que debiera haber sido una comedia amena y despreocupada resultó ser una sucesión de bromas de mal gusto que acabó cansándonos a ambos. A mitad de proyección me cogiste de la mano y me instaste a seguirte fuera.

Y allí, contra el muro exterior de la sala, en un callejón bastante oscuro, levantaste mi falda y metiste tu mano, buscando mi respuesta.

Habíamos follado una única vez en la intimidad de tu piso. En aquella ocasión me condujiste a tu dormitorio y mimaste mi cuerpo sobre la cama, siendo el amante más atento que recordaba haber tenido.

Aquella noche al salir del cine, sin embargo, fuiste directo e implacable. Apenas apartaste la ropa interior me subiste contra tus caderas y con el rostro enterrado entre mis cabellos me penetraste entre mi asombro y tu necesidad. Jadeaste con cada embestida, y jadeé cada vez que te sentí llenarme. El miedo a que nos descubriera alguien pronto dio paso al morbo de imaginar que éramos observados. Y mientras yo me relajaba y empezaba a disfrutar de la furtividad del encuentro, tú decidiste que debía ser rápido y me manejaste a voluntad. Me penetraste un par de veces más, y tras eso la sacaste y conmigo aún abierta de piernas contra tu cuerpo te masturbaste frotándote contra mi entrepierna caliente. Allí, sintiendo cada movimiento tuyo, te corriste.

Y me quedé esperando al hombre que me había hecho vibrar en la cama de su dormitorio, hacía un par de días.

— Venga, nena—, me dijiste, poniéndome en el suelo y recomponiendo mi falda—. Necesito una ducha.

Quise decirte entonces que yo también la necesitaba después de haber sido usada de tal modo en la calle. Tu leche me resbalaba por el interior de los muslos, y hasta deseé entonces, enfadada, que quedara bastante cuando llegáramos al coche como para manchar la tapicería del asiento.

Creo que eso sí lo conseguí convenientemente, aunque también en parte porque yo iba tan caliente que contribuí a mojar el cuero.

Lástima que no te enteraste.

Aparcaste el coche en el garaje y me llevaste de la mano hasta el ascensor. Volvías a ser el tipo galante que una amiga me había presentado hacía un par de semanas, alegando que los dos estábamos solos y que haríamos muy buena pareja.

Desde luego, mi amiga no se había equivocado en ninguna de las dos cosas.

Tú estabas recién divorciado, con dos niños que habían cumplido ya los diez años, pero una mujer que llevaba casi el mismo tiempo siendo la viva imagen de Satanás en la casa. Según me habías comentado, el matrimonio se había ido al garete casi antes de nacer vuestro segundo hijo, pero os habíais resistido a formalizarlo, más que nada por los pequeños.

Yo, que no tenía hijos ni nada a mi alrededor que midiera menos de metro y medio de altura, había ido pasando de amante en amante desde hacía aproximadamente dos años, desde que un noviazgo demasiado largo había acabado en desastre. No había llevado a ninguno de ellos a mi casa, y desde luego ninguno había conocido a mis padres.

Y, efectivamente, hacíamos muy buena pareja...

Abriste la puerta de tu piso y me llevaste directamente al baño. Me entregaste un par de toallas y me enseñaste a usar la grifería de tu ducha. ¿Acaso me considerabas demasiado tonta para aprender sola? A esas alturas de la noche, sin haberme corrido y con tu semen pegado a los muslos, estaba de bastante mal humor, casi igual que tú. Decidí que no me vendría mal relajarme, y dejé correr el agua contra mi piel, después de pelearme un rato con los mandos de la grifería.

Mierda, en verdad necesitaba ayuda...

Envuelta en una toalla de esas enormes de baño, y con el pelo húmedo cayendo sobre los hombros, salí dejando huellas húmedas sobre la madera del suelo.

— Me toca, tesoro—, comentaste, depositando un suave beso en la punta de mi nariz—. Vuelvo en un momento.

No me planteé por qué no habíamos compartido ducha, ni si lo de volver en un momento implicaba un minuto o un par de ellos. En verdad, al poco de sentir que abrías el grifo del agua me senté en el borde de la cama y abrí el cajón de tu mesilla de noche. Allí, entre revistas de varios tipos un una caja de preservativos que nos habría venido muy bien a la salida del cine, estaba la cuerda.

Una cantidad enorme de cuerda negra, cuidadosamente guardada, para ser exactos.

No pude reprimir el impulso de tocarla, y cuando lo hice, supe que no conseguiría dejarla en su lugar. La cogí, con ambas manos, tratando de no desordenarla. Pesaba bastante, pero era suave y muy flexible.

Me ruboricé nada más que con su contacto.

Había escuchado hablar de los juegos sexuales que implicaban mantener inmovilizada a la mujer con esposas o cuerdas, pero nunca había estado tan cerca de un objeto que realmente sirviera para tal menester. Mis amantes, en ese sentido, habían sido bastante normalitos.

Y, como suele ocurrir en las novelas de detectives, la chica tonta que está rebuscando entre los papeles secretos del malo fue descubierta... por el malo.

Y al malo se le quedó cara de pasmo al salir de la ducha.

Por supuesto, el malo eras tú. Y no hacía falta decir a quién se le había quedado cara de tonta.

— ¿Curioseando?
— ¿Se nota mucho?

No quiero ni imaginar lo colorada que tuve que ponerme cuando extendiste la mano para apropiarte de la soga. En ese momento no me quitabas los ojos de encima, penetrantes y duros. No estaba segura de que no estuvieras enfadado por invadir tu intimidad de aquel modo, pero algo me decía que lo de haber descubierto tu juego te ponía las cosas un poquito más fácil.

Aunque en verdad no te conocía tanto.

Te cuadraste delante de mí cuan largo eras, con las piernas abiertas y la toalla enroscada alrededor de tus caderas por toda vestimenta. Tal vez quise imaginarme una erección insinuante, pero mis ojos se centraron demasiado en tus manos, que de repente empezaron a deshacer el nudo con el que se mantenía unida la cuerda en perfecto orden. Un extremo cayó al suelo de madera, provocando un sonido seco que me rebotó en lo más profundo del vientre.

Deseo…

Verte desenredar la cuerda lentamente, buscando el otro extremo, mientras no me quitabas los ojos de encima fue, probablemente, lo más excitante que había hecho en mi vida. Y eso que hacía una hora escasa me habías follado en la calle, apoyada contra un muro.

— ¿Te han vestido con cuerdas alguna vez?
— ¿Vestido?—, logré articular, casi atragantándome con la palabra.

Sonreíste mostrando una larga y perfecta hilera de dientes, y una lengua traviesa pegada al borde de ellos, con intenciones poco honestas. En tus ojos brillaba la promesa de una noche larga y lujuriosa.

— Sí, tesoro. Cualquiera puede hacer unos nudos para sujetarte y follarte a voluntad. Pero a mí me gusta que disfrutes y te mojes desde el primer contacto de la cuerda con tu piel. No querrás que pare…

Y, en verdad, así había sido.

Ahora, contigo dormido a mi lado, tras haberme desatado y masajeado los miembros después de la embriagadora experiencia de haber sido vestida y preparada para tu disfrute, me repetía que había sido una locura dejar que un casi desconocido me inmovilizara en su cama, dando vueltas al extremo de una soga sobre mis miembros rendidos al placer de sentirla correr y tensarse.

Y es que a cada movimiento de tus manos expertas me había sentido mojar más, y cada vez que me mojaba iban tus dedos a comprobar lo húmeda que estaba. Y me dabas a probar…

Tú, complacido con mi rendición desde el mismo momento en el que me dijiste que me tumbara en la cama, retiraste la toalla de mi cuerpo para acto seguido hacer lo propio con la tuya. Yo estaba encendida por la vergüenza, y tú lucías completamente erecto, orgulloso y viril.

— Sube los brazos sobre la cabeza—, ordenaste. Y yo, sintiendo palpitar mi entrepierna, alcé los miembros y casi al mismo tiempo, abrí las piernas.

Eso pareció divertirte.

— ¿Ansiosa por ser follada?

En mi mente resonó la respuesta de estar ansiosa porque me follaras tú, pero me mordí la lengua y contuve la respiración, mientras tus manos me sujetaron el tobillo para empezar a vestirlo con las cuerdas, subiendo una encima de la otra, cubriendo la piel hasta hacerla desaparecer. Cuando llevabas un rato tejiendo sobre la pierna, me colocaste el talón contra el muslo, y allí que fue tu mano y la cuerda a unir ambos.

Tras unos interminables minutos, mis piernas lucían cubiertas a excepción de las rodillas, y mi coño brillaba en el centro de las dos obras de arte en las que habías convertido mi cuerpo.

Tu polla también brillaba...

— ¿La deseas?—, me preguntaste, viendo que no conseguía apartar la vista de tu miembro alborotado.

Pero sólo pude gemir por toda respuesta.

Te inclinaste contra mí y te acomodaste entre mis caderas, sin dejar de mirarme ni un instante. De tu cuerpo únicamente dejaste que me rozara tu verga, que se colocó contra mis pliegues en llamas, necesitándote más que cualquier cosa en ese momento.

— Estoy deseando bombear dentro de ti en esta postura.

Y yo, que lo deseaba mucho más que tú, erguí las caderas buscando más la presión de tu miembro, tentándolo y envolviéndolo con mi humedad.

— Estás caliente, ¿eh?

Supongo que me ruboricé al darme cuenta de lo que estaba haciendo, pero continué restregándome contra tu polla, buscando estallar contra ella. Pero antes de que pudiera acercarme al orgasmo te apartaste de mí y al momento te tuve a horcajadas a la altura de mis hombros, sujetando una de mis manos.

— Puedes ir lamiendo mis huevos mientras termino.

Llevaste mi brazo hacia abajo y colocaste la muñeca a la altura del tobillo. A la vez, dejaste tu miembro tan cerca de mi rostro que pude olerme y olerte sin problema ninguno. Tus testículos lucían tiesos cerca de mi boca, y yo necesité sacar la lengua para acariciarlos mientras continuabas con la lenta tortura de inmovilizarme. Pero entiendo que tardé en hacerlo demasiado para tu gusto, porque una palmada seca contra mi vulva restalló en el silencio de la alcoba, sólo rota por el sonido de la cuerda rozando consigo mismo en cada lazada.

Mi cuerpo se estremeció, y la mano que tenía libre no pudo hacer otra cosa que aferrarse a la parte de tu cuerpo que tuvo más a mano. Y esa parte fueron tus nalgas, duras frente a mi rostro.

— ¿Te he dicho que podías tocarme?
— No me has dicho lo contrario.

Otra palmada me dejó sin aliento, y mis uñas se clavaron en tu piel un instante antes de retirarse al lugar donde habías ordenado que permanecieran. Mientras recobraba el control sobre mí misma, apretaste tus huevos contra mi cara, casi dejándome sin aire.

— Lame.

Y abrí la boca buscando aire y anhelando tu sabor, mientras me cogías la segunda muñeca y la unías con el otro tobillo. Acallaste las posibles protestas por tus palmadas haciendo que disfrutara de tu contacto, mientras mi cuerpo quedaba completamente rendido a tus deseos.

Cuando terminaste con el último miembro mi rostro estaba completamente empapado de la saliva que yo depositaba en ti, y que tú te empeñaste en restregar por mi piel con cada movimiento.

Me dejaste expuesta en el lecho, abierta de piernas y sin posibilidad de cerrarlas, ya que mis muñecas se aseguraban de que ese movimiento me estuviera limitado.

Y me miraste…

Me miraste con la polla tiesa y la sonrisa dibujada en la cara, como cuando te habías quitado la toalla y me habías ordenado que me tumbara en la cama.

Tenías ganas de usarme, y yo unas enormes ansias de ser usada.

Recuerdo ese momento en el que te inclinaste sobre mí y aspiraste el olor de mi coño. Una inhalación fuerte, profunda, interminable… Y tu lengua justo después, perdiéndose en mis pliegues, recogiendo la humedad que habías provocado con las cuerdas y tus palmadas. Recuerdo tus dedos introducidos en mi vagina, jugando en su interior, mientras tu boca me degustaba con largas pasadas de esa lengua maldita. Tu mano se movía con destreza en mi interior, entrando y saliendo como haría tu polla si estuvieras encima de mí.

Me follaban…

Pero tus labios apresaban mis pliegues y la lengua jugaba con ese punto que me hacía estremecer contra tu cara. Gemí sin poder aferrar tus cabellos con mis manos, y lo hice también porque no lograba cerrar los muslos para terminar con la tortura. Disfrutabas sintiendo mis saltos sin poder oponer resistencia.

Disfrutaste martirizando mis zonas húmedas en lo que a mí se me hicieron horas…

Recuerdo cuando, después de varios minutos de tortura, estallé contra tu boca abierta, complacida por recibir mi orgasmo. Mi cuerpo se estremeció y grité sin poder contener mi garganta. Tu otra mano fue a mi encuentro, introduciendo tus dedos en mi boca para que me aferrara a ellos en busca de consuelo. Y lo hice… Lo hice porque necesitaba devolverte el contacto, y porque tus dedos me devolvían mi sabor mientras los otros seguían metidos en mi coño, siendo traviesos. Tras varios segundos logré controlar mi respiración, y aún así no dejaste de moverte dentro, follándome con rudeza, pero ya mirándome a la cara mientras seguías con dedicación introduciendo tus dedos en mi coño, chapoteando por lo que habías conseguido.

— ¿Quieres que te folle?

Conseguí devolverte un gemido por respuesta.

Y tú, que deseabas otra cosa, volviste a palmear mi vulva, enrojeciéndola.

— ¿Quieres que te folle?

¿Podía, acaso, decir que no?

— Por favor…

Me escuché rogándote sin saber muy bien por qué lo hacía. Habría sido todo mucho más sencillo si en vez de resistirme hubiera contestado afirmativamente, pero tenía la cabeza llena de las sensaciones que me llegaban de la entrepierna y tus dedos entrando y saliendo de entre mis pliegues no ayudaban a hacer que pudiera centrarme en hacer lo correcto.

Lo que tú esperabas y deseabas obtener.

Mi permiso.

Otra palmada volvió a estremecerme.

— ¿Quieres que te folle?
— Fóllame.

Esta vez conseguí pedirlo, y tú obtuviste lo que perseguías. Te colocaste en medio de mis muslos, y aferraste tu polla con la mano que hasta hacía poco había estado metida en mi boca, y que luego había palmeado mi entrepierna con malicia. Me encantó verte envarado, con los nudillos brillantes recorriendo tu miembro, mientras la otra mano me pellizcaba un pezón para recordarme que eras tú el que mandabas.

Cuando colocaste las manos sobre mis rodillas yo ya estaba loca de deseo.

Y cuando te sentí empalarme grité como lo había hecho al alcanzar mi orgasmo. Tan placentero fue que mi boca no pudo estar callada.

Te introdujiste despacio, dilatando mis paredes con calma, disfrutando de mi calor. Llegaste al fondo tras interminables segundos, y allí empujaste, empeñado en hacerme sentir todo tu miembro ocupando mi espacio. Me mirabas con suficiencia, sabiendo que estaba a la merced de tus caprichos, y que pensabas aprovechar toda la ventaja que te había otorgado.

— Pues me alegro, porque pienso follarte.

Y eso hiciste. Te retiraste con brusquedad y empezaste a bombear con fuerza, llegando bruscamente hasta el fondo con cada embestida, y moviendo todo mi cuerpo al hacerlo. Aferraste mis caderas y entraste y saliste de mi coño con la rapidez del que está acostumbrado a follar siempre así, rudo y sin florituras. En nada se parecía al sexo que habíamos tenido la primera vez, cuando tus labios no abandonaron mi boca en ningún momento, mientras tu cuerpo se frotaba contra el mío. Ahora, la boca la necesitaba abierta para poder recuperar el aliento, porque cada embestida me dejaba sin aire, y cada vez que te retirabas me daba un resquicio de tregua para tragar saliva y prepararme para la siguiente.

Así durante mucho tiempo…

Porque me follaste duro martirizando mi garganta, porque tu polla no dejó de invadir mi espacio mientras mis miembros me impedían oponer resistencia a tu invasión. Y lo hiciste durante tantos minutos que cuando por fin sacaste la verga y la dejaste sobre mi abdomen tenía la garganta seca, sin saliva que pudiera consolarme.

Tus gemidos resonaron en mi cabeza, mientras tu leche espesa me regaba el abdomen...

... Y yo la necesitaba en la boca.

Ahora, mientras tú duermes y hace horas que liberaste mis miembros, pienso en la locura que fue abandonar mi cuerpo a tus deseos.

Sí, las marcas casi han desaparecido. Pero sigo teniendo el coño mojado, y no he querido bañarme para retirar tu esencia de la piel que marcaste, esta vez, con mi permiso.

Tú duermes y yo no puedo hacerlo. Mi alma no encuentra tranquilidad para abandonarme al descanso que sé que necesito.

Fue una locura y lo entiendo... pero no puedo dejar de pensar en que lo que necesito es volver a sacar tu soga del cajón de la mesilla de noche. Allí la guardaste después de darme un beso en la punta de la nariz, y acurrucarte a mi lado, olvidadas ya todas las tensiones que te tuvieron de mal humor hace ahora como demasiado tiempo.

Y es que he descubierto que el vestido que más me favorece es el que pasas minutos elaborando sobre la piel caliente, mientras tus labios se curvan y mis labios hacen lo propio...

Y el coño se humedece...

FANTASÍA XV

A veces me encuentro en el parque con algunas mujeres que me presentan varias interrogantes. Una de ellas, en concreto, suele aparecer entre los árboles cuando cae la noche, y va vestida de una forma un tanto… insinuante.

Sí. La pregunta que me hago cuando la veo es si será de las mujeres que venden su cuerpo.

¿Qué si tengo prejuicios por su forma de vestir? No, por favor. Si yo llevo prendas prácticamente iguales los fines de semana. Lo que me hace sospechar que trabaja emulando a la Magdalena es que cada vez que la veo sale del parque cogida del brazo de un hombre diferente.

Puede que, simplemente, le guste la variedad. Vale, y por eso digo que me genera varios interrogantes.

¿Y si a la mezcla le añadimos un tío que siempre aparece también en escena, que la vigila en la distancia, le hace señas de vez en cuando mientras ella pasea, y sale detrás de la mujer en cuanto está enganchada del brazo del tío que se le ha acercado ese día?

Pues eso… que cuadra con una puta y su chulo. ¿No?

Aquella noche, con el frío que estaba haciendo, pocas ganas tenía de vigilar si se agarraba del brazo de uno o de dos hombres. Mi perrita tenía menos ganas de pasear que yo, y ya que el hombre del tiempo había sugerido —ya que nunca se atrevía un meteorólogo a afirmar nada, que lo suyo no es una ciencia exacta— que iba a llover, no veíamos, ninguna de las dos, motivos para entretenernos en el parque.

Si alguna vez me casaba con alguien, tenía claro que iba a ser un meteorólogo. Así, seguro, tendría la posibilidad de vestirme adecuadamente al salir por las mañanas para el trabajo, y no bajo suposiciones dadas a toda prisa entre los deportes y los anuncios en una cadena local. Tu marido no iba a engañarte con la predicción de lluvia. ¿O sí? Por si las moscas, chicas, haceros con un amante meteorólogo al menos…

A no ser que te gaste una broma para poder sacarte una foto en plan Miss Camiseta Mojada.

Miré al cielo y no vi amenaza de lluvia. Pero, aún así, hacía frío…

La mujer de vestimenta exagerada continuaba con su paseo delante de nosotras. La verdad era que me parecía que tenía un rostro agradable, e incluso buenos modales, de esos de mujer acomodada con buen trabajo y mejor marido. Un par de niños en un colegio católico, ahorros en el banco…

Siempre me saludaba cuando me veía. Y siempre acariciaba a mi perrita.

Aquella noche la mujer continuaba buscando por el parque. Cuando salíamos por la cancela de hierro vimos que un hombre corpulento se le acercaba, y ella se ponía en posición para dejar ver toda la mercancía.

¿Dónde estaba el tipo que siempre la acompañaba?

La mujer se dejó seducir por él, lo miró con ojos coquetos y hasta le permitió la licencia de dejar que le tocara un pecho sobre la tela del pequeño vestido, tan poco apropiado para la lluvia que estaba por llegar.

Ella no se había dejado engañar por el meteorólogo.

Sí. Tenía que ser una puta. ¿Qué otra explicación había, si no?

¿Podía ser otra cosa?

Mi perrita gruñó al pasar por delante del tío con el que se iba a ir mi querida desconocida esa noche. No parecía gustarle demasiado. Gruñó y ladró mientras nos alejábamos por la acera rumbo a casa. El hombre seguía magreándole las tetas cuando doblamos la esquina.

¿Os había comentado que mi perrita se llama Danna?

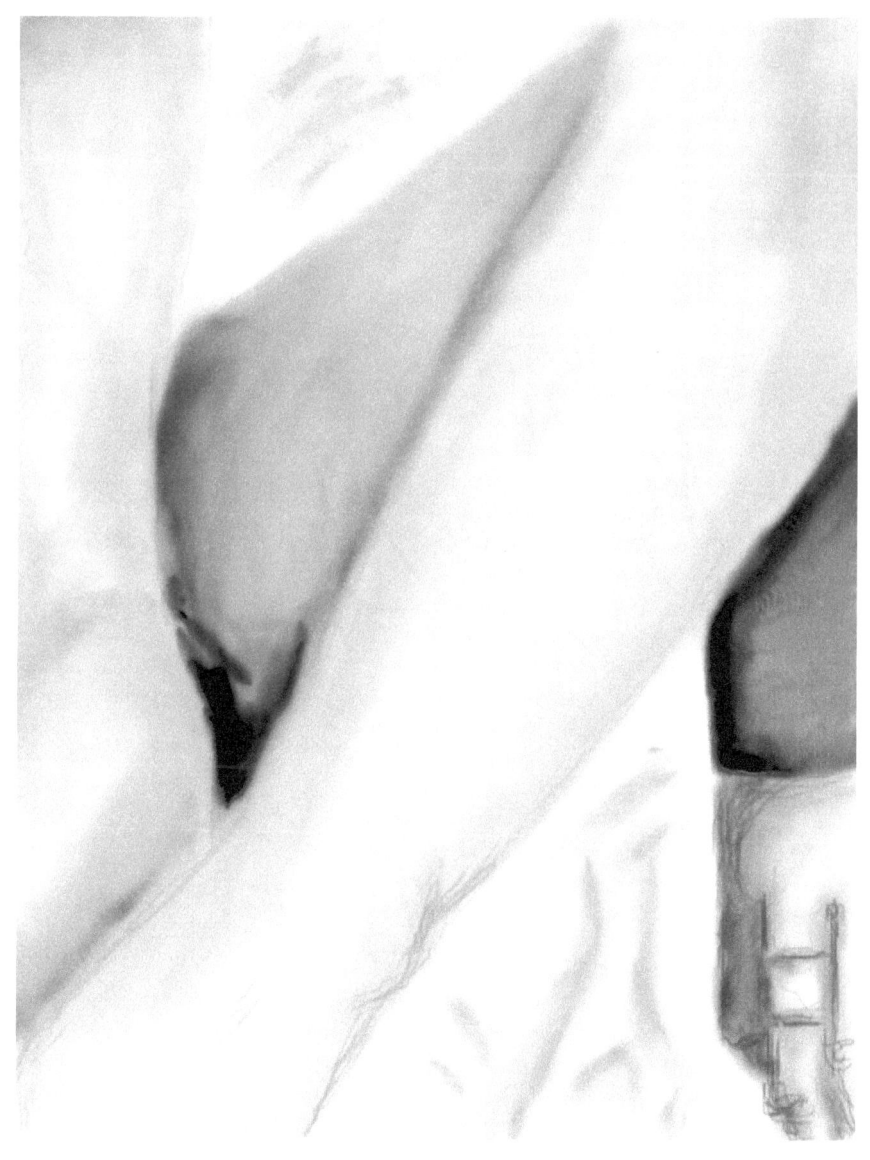

La cabeza me da vueltas después de tantas noches de juegos, de tantas confesiones de alcoba, de tantas miradas traviesas indicando lo que querías.

Te había hecho disfrutar tantas noches con estas perversiones...

Y otra vez estaba aquí, acostada a tu lado, con un nuevo amante cazado para la ocasión. Sí, esposo mío. Otra vez había ido de caza... por ti.

Aquí está, te lo presento. Me parece que es un vecino, aunque no uno de los que rondan nuestra casa. Me cuido de traer siempre al lecho a tipos que luego no sepan reconocer la puerta trasera por la que entraron, la escalera por la que subieron a cuatro patas, detrás del culo de la mujer que los embaucó para que la siguieran.

A este vecino lo he conocido en la barbacoa de los Martínez, esa de la que te marchaste pronto cuando te diste cuenta que había empezado a desplegar mis artes de seducción para atraer a los incautos que llevaban demasiado alcohol y alguna que otra sustancia más en vena. Otras veces, ya lo sabes, he cazado en sitios más tranquilos, pero esta ocasión me la ha puesto en bandeja. La mayoría de las cacerías las disfrutas más, te quedas más tiempo para ayudarme a elegir a la presa. Incluso alguna vez te había dado por elegirme a una chica, para disfrutar del bamboleo de ambas restregándonos a tu lado. Pero hoy te noté distraído, como si en verdad desearas que te sorprendiera.

Pues aquí te traigo al elemento elegido. Que sepas que no había una polla más grande en toda la fiesta. Y, si la había... no se ha levantado al mirarme las tetas.

Te lo presento. Creo que se llama Antonio, pero no me hagas mucho caso. Puede ser que me lo comentara entre una copa y otra, mientras no podía dejar de imaginarse restregando su verga contra cualquier parte de mi anatomía. Para lo que viene siendo nuestro plan... no nos hace falta saberlo. Dejémoslo en Antonio pues, que al menos es fácil de recordar, y si por una casualidad no se llama así no creo que mientras ande follándome vaya a ponerse a quejarse porque emplee ese nombre.

Y los dos sabemos que lo que nos interesa ahora mismo es su magnífica polla.

¿La sientes? Ven a sentirla, amor mío. Ven a disfrutar de tus perversiones, que hago mías.

Esta noche tenías ganas de juerga. Lo noté en tu mirada lasciva mientras me perseguías por el jardín y la piscina, con una copa de vino en la mano y un trozo de panceta en la otra. Tenías los dedos pringosos, al igual que los labios. Y no pude contener las ganas de pasar mi lengua por ellos…

Por ambos.

Me encanta el sabor de la carne de tu boca. Allí todo me sabe a gloria.

Incluso tus instintos más bajos.

Andabas distraído, sí, pero tu polla lucía envarada, y por más que quisieras disimularlo a mí no podías engañarme.

Aunque, normalmente, nunca andas disimulando nada.

Tampoco esos locos instintos.

Y bajas eran tus fantasías de aquella temporada. Hacer que llevara a otros hombres a la cama fingiendo que era lo que me ponía. Hacerte una cornamenta tan grande como la cama donde me llevaba a retozar a los tontos que, con la polla tiesa y los ojos metidos en mi escote, no se paraban a pensar que aquello, simplemente, era una locura. Allí querías que los llevara, a nuestro lecho, engañándolos con palabras tranquilizadoras, diciéndoles que en la vida te despertabas porque tomabas tantas pastillas que era imposible que te enteraras de nada.

— ¿Qué te crees, que estoy loca?—, les decía, cuando de primeras dudaban—. Jamás me atrevería a poner mi vida en peligro. ¿Y si se despertara y nos encontrara? Nunca lo hace… Llevo muchos años poniéndole los cuernos, y echándole una enorme cantidad de sedante en la sopa.

Luego, mi boca maldita hacía el resto. Unos besos que prometían el cielo, una lengua que se perdía entre los botones de la bragueta del tonto elegido... Nadie se resistía a mi escote, y éste no iba a ser el primero.

Era bastante creíble que quisiera vengarme de mi aburrido marido. Ese que me llevaba a una barbacoa y luego se marchaba a dormir sin haberme procurado un par de buenos polvos. Una mujer como yo necesitaba satisfacer los apetitos que me demandaba el cuerpo, y por desgracia mi marido nunca estaba a la altura.

O al menos no en esos últimos años.

Imagino que cuando sentiste la puerta de atrás cerrarse te metiste en la cama. Nunca he tenido claro si alguna vez te has parado en la parte alta de la escalera a mirar ese momento en el que tu mujer entra con un extraño en la casa. Ese momento en el que la oscuridad libera los deseos de los hombres que entran tras mi culo, y que no pudiendo contenerse más se arrojan a desgarrarme la ropa, hambrientos por descubrir el cuerpo que tan bien ceñido en licra suelo llevar, dispuesto para la caza.

¿Sabes lo que hacen, siempre, de primeras?

Aferrarme las tetas.

Entierran la cara en mi escote y meten las manos como pueden, tratando de sacar mis pechos por donde suponen que será más fácil. Desean mis pezones, tenerlos en la boca y morderlos como les he pedido que hagan cuando los tenga en la cama. Pero casi nunca consiguen lo que quieren sin estropearme alguna prenda de ropa.

Para eso estabas tú al día siguiente, que me dejabas echar mano de tarjeta en las tiendas.

Sí. Siempre tiran a las tetas.

Me cuesta llegar a la cama la mayoría de las veces. Los tíos se impacientan, o tal vez se ponen nerviosos ante la perspectiva de afrontar lo que será meterse en mi lado de la cama… contigo durmiendo al otro lado. Tratan por todos los medios de desnudarme en la cocina, separarme las piernas contra la mesa, subirme a la encimera y penetrarme allí mismo, sin apenas haberse abierto la braqueta. Las escaleras se les antojan eternas hasta llegar a un sitio apropiado, y probablemente ocupado por un marido que ronca sumido en el sueño de los hipnóticos.

No, en verdad tengo que luchar mucho con ellos para conseguir que saquen las manos de mi coño, se priven de meterme la polla un minutito más y afronten el piso alto como el peaje que hay que pagar para follarme como es debido.

En nuestra cama.

Siempre acabo ganando, por supuesto, y tras un par de de besos, mantener sus pollas erectas en la boca, o restregarles el culo contra ellas, acaban subiendo a trompicones los peldaños. Supongo que los cuentan a medida que yo los marco con el movimiento de mis caderas.

Borreguitos.

No subían babeando porque la boca se les había secado, normalmente, con los gemidos guturales que se les escapaban cada vez que les pasaba la lengua por encima del capullo. Y llegando a la puerta de la alcoba se quedaban de piedra al ver que, aunque habían rezado para que fuera una broma pesada mía, había un marido en la cama.

Y ahí estoy ahora… dejando que me taladre el culo el vecino… ¡Qué poco le costó dejarse convencer de que mi marido no se enteraría de nada por la carga de medicación que tomaba por las noches! ¡Cómo se notaba lo salido que estaba! Cuando me miraba en la fiesta, lascivo, creyendo que tú no observabas… ¡Y qué buena guarra soy, que me dejo follar para que tú te pajees!

Ahí está el vecino, enculándome a conciencia. Me gusta gemir por polla ajena, sabiendo que no te pierdes un detalle y que lo disfrutas como si fuera la tuya la que se está abriendo paso entre mis carnes.

Aquí, en mi sitio de la cama, de lado, con mis tetas apuntándote salidas de la blusa blanca, y la falda arremangada hasta las caderas. Mis piernas abiertas, la de arriba enganchada a las suyas... y su polla y sus huevos estrellándose contra mis nalgas. Me agarra una teta con sus dedos morbosos, pellizca el pezón de forma casi dolorosa... Lo sabes, conoces la sensibilidad de mis partes más blandas. Pero entre sus bombeos y mi lujuria seguro que piensas que ni lo noto. Me muerde el cuello, cachondo... La otra mano ha pasado bajo mi muslo y me lo eleva ofreciéndote una panorámica magnífica de mi coño, de esos labios menores que se abren y cierran al moverse las carnes de mis nalgas... pidiendo guerra.

Este coño pidiendo tu polla...

Te miro, completamente salida. Me gusta regalarte mi imagen perforada por la polla de mi último amigo. Gimo para tus oídos, lo sabes. Mis palabras de aliento hacia su polla son palabras que le brindo a la tuya, completamente tiesa bajo la sábana. La penumbra y la luz de la ventana me brindan la posibilidad de que me veas abierta por lo que me hace, y que te vea yo a ti, completamente empalmado, fuera del pantalón del pijama. La presiento bajo la tela blanca, al igual que tu mano recorrerla mientras observas cómo me da caña.

Más... le pido más a esa perforadora que me he buscado. El colchón se mueve escandalosamente, y sabes que me tiene que estar follando a base de bien, ¡y que lo tengo que estar disfrutando! Mi culo abierto... y la boca seca de tantos jadeos. Sus palabras guarras a mi oído, pensando que tú a escucharlo no llegas...

— Zorra—, me dice—. ¡Cómo me pone romperte el culo! ¡Y qué grites de gusto, zorra! Grita porque no te cabe mi puta polla en ese culo de guarra que tienes...

Rozo con mis dedos traviesos tus huevos mientras tu mano se pelea con la piel tensa que recubre tu verga. Me muerdo el labio inferior mientras siento que estoy a punto de correrme. Conoces mis gestos... Me voy a correr con esa polla dura destrozándome las entrañas. Y él también, por el ritmo de conejo que han adquirido sus caderas. Y allí va también tu mano, a meterse en mi vagina, a notar sus embestidas, sus idas y venidas, sus roces...

Y los espasmos de las contracciones de mi coño aprisionan tus dedos en mi interior, a la vez que te empapo la palma y te regalo las palabras morbosas de mi corrida...

Y el otro, satisfecho, sonríe cuando aún se restriega contra mi cuerpo, llenándome de leche espesa, sin verte ni notar tus dedos tocar su polla a través de mi elástica pared. Sí, le tocas y notas lo dura que sigue teniéndola aún después de correrse, y piensas que, tal vez, pueda follarme una vez más por algún otro agujero. Se te pueden estar ocurriendo decenas de posibilidades, y mi boca se reseca pensando en mantenerlo empalmado toda la noche...

... Mientras te masturbas viendo como lo hago.

Sí. El tal Antonio está muy satisfecho por haberme llenado el culo de leche, y haberme ayudado a ponerte los cuernos en tus propias narices, ensuciando nuestras sábanas de casados.

Y creyendo que le hablo a él, mientras me corro, con tus dedos dentro de mi coño.

— ¡Dios, cómo me pones, cabrón! Así me gusta... así me gusta correrme... Contigo dentro, mojarte entero. Disfrútalo... es para ti mi orgasmo.

Dormir

La transparencia de tu piel invita a cubrirla de besos. No besos salvajes, de esos que siempre me han gustado, sino de caricias con los labios, suspiros con el aliento exhalado, que se tornan ternura y te erizan con el avance de la boca.

Delicada, como nunca he sido con un hombre.

Tu piel necesita mis atenciones, y yo me muero por ofrecerlas. Tal vez no sean bien recibidas ahora, que conoces mi sexo rudo y agitado. Pero es lo que quiero regalarte en esta noche tranquila y mágica. Has hecho un pequeño milagro aflorando en mí este sentimiento, y no sería justo no compartir contigo la dicha del descubrimiento.

¿Sabes? Hacía tiempo que no podía ofertar este estado mío, sumiso y adorable. No me salía, por más que me esforzara. No deseaba caricias, ni tampoco darlas. El hecho de retozar sobre las sábanas, con los miembros entrelazados y la piel sudorosa y cubierta de atenciones, es nuevo para mí. ¿Cuánto tiempo? Puede que nunca lo hubiera hecho, puede que siempre haya estado esperando esta noche, este instante...

Puede que siempre haya estado anhelando tu cuerpo abrazado al mío.

No creí poder encontrarte a estas alturas, cuando ya mi piel ha sido tantas veces probada por tantas manos distintas. Poco importa si mañana por la mañana no estás en ese lado de la cama donde creo que dormirás, plácidamente, tras haber sudado por el calor del chocar de nuestros cuerpos, acompasados. No quiero mentirte, tampoco... Ciertamente me sorprendería que no estuvieras, pero no lloraré por ello. Lo que me has ofrecido lo recibo como un tesoro, y si no se repite... Bueno, si no se repite, siempre puedo recordarlo. Que se vaya tu cuerpo no hará que se aleje tu tacto de mis adormecidos sentidos.

No podré olvidar que quise abrazarte y dormir enroscada a tu lado., donde suele dormir mi perrita, haciéndome compañía.

Imposible ignorar un deseo inexplicable.

Quiero usar, al menos por unas horas, tu brazo como almohada. No me quejaré luego si no tienes nada más que ofrecerme. Calentarme con tu cuerpo, cubrirme con tu piel, enredar mis sueños a los tuyos… Quiero esto sólo una noche. Las caricias de las yemas de tus dedos recorriendo la curva de mi cintura, y anidando en el hueco del cuello, donde poder sentir la leve presión… las necesito en este momento. Poco importa si fui antes puta o señora, niña o vieja. No mires como he sido hace unas horas, mira el cuerpo que se te ofrece ahora.

Ahora estoy temblando, a tu lado…

Tras el orgasmo obtenido, el cansancio en los miembros y la sequedad de la garganta, ha quedado un cabello revuelto que ya no pide ser sujetado con fuerza, sino acariciado y apartado con ternura de delante de los ojos. Porque mis pupilas necesitan fijarse en las tuyas, mientras nos adormece el sueño.

Mis nalgas, sonrosadas tras el sexo rudo en el que nos sumergimos antes, se acoplan ahora al hueco de tu pelvis, donde el miembro que tan duramente castigó mi entrepierna, se encuentra rendido y laxo, obtenido su merecido descanso. Entre mis muslos se seca mi humedad y la tuya, mezclando olores y sabores que hasta hace nada lamías con deleite. Y mi espalda se pega a tu pecho agitado, que arañé y aferré mientras me recorría el primer orgasmo… El primero de muchos, pero el más intenso de todos.

Mis uñas te dejaron marcado. Y luego mi lengua recorrió las heridas, pidiendo perdón por la ofensa…

Enreda tus dedos entre los míos bajo la cabeza, y suspira acomodando tu respiración a la mía. Mezcla tu olor y regálame tu lengua, que quiero probarla una vez más antes de que amanezca. Pues nunca antes había muerto por un puñetero beso en la cama…

Y si mañana no te encuentro…

Bueno. Puede que al final mis ojos sí lloren algo, manchando las sábanas con algo que no sea sexo, si por la mañana en la cama falta tu cuerpo.

Acerca de Magela Gracia.

Si es la primera vez que lees algo mío te doy la bienvenida a mis fantasías, a mis realidades, a mis historias.

Soy escritora erótica desde el 2005. Por aquella época los relatos los escribía para mí o como mucho para compartirlos con mi pequeño grupo de amigos. Llegó un momento en el que alguien me incitó a abrir mi primer blog, en el 2011. Se llamó *"Cartas de mi Puta"* y, aunque al principio era un pequeño proyecto, se fue haciendo grande gracias a lectores como tú, que fui atesorando. También, coincidiendo con el inicio de mi incursión en el mundo virtual, fui cambiando el género y del erotismo pasé a algo que podría catalogarse más bien como pornografía con sentido.

No es sólo sexo... pero yo no insinúo nada.

Puedo gustarte, puedo horrorizarte... pero siempre espero que sientas algo con lo que escribo.

En el 2014 lancé mi propia web, con varios blogs que abarcan temáticas tan dispares como el humor o el relato corto, pasando por mi especialidad, el sexo. Te invito a que te acerques al mundo magelagracia.com, una web hecha para olvidarte de todo y volver a lo primario, a los instintos más básicos, a la excitación sin más... aunque no sólo va de eso.

Espero verte por allí y que quieras compartir mis fantasías.

También, en 2014, lancé mi primera recopilación de relatos cortos, *"Una Mancha en la Cama"*, un libro lleno de morbo, contado por una voyeur que imagina sexo allá donde mira, porque tiene la mente perversa. Espero que te animes a manchar las sábanas con este libro, también disponible en Amazon, y que disfrutes al leer sus historias tanto como yo disfruté al escribirlas.

En el 2015 empecé a publicar la saga *"La Otra"*, que verá la luz a finales de 2016 bajo el sello ZAFIRO PLANETA. "Historia de la Amante es el primero de los tres tomos. ¿Querrás probarte la piel de la amante?

En 2015 salió a la venta mi saga *"Su hermano"*, con cuatro libros que ha hecho las delicias de las lectoras estos últimos dos años. Lo tienes también en edición especial de dos libros, por si te decides a pecar con Bea y desear a Víctor. ¿A qué estás esperando?

También en el 2015 escribí otra recopilación de relatos, esta vez centrados en la enfermería. Sí, lo has adivinado: soy de las que se dedica a hacer daño con una aguja —pero sólo a los hombres, tranquila, que las mujeres ya tenemos bastante—. Se titula *"De enfermeras y pacientes… (y algún que otro médico)"* ¿Le das una oportunidad para emocionarte?

Y aquí sigo, siempre con ideas en la cabeza, siempre pensando en tener un ratito para ponerme a escribir palabras sobre un folio en blanco.

Espero que vuelvas a buscarme. Tengo muchas ganas de que lo hagas.

Besos perversos.

Magela Gracia
La autora erótica que nadie reconoce leer…

¿Otra historia? ¿Más morbo?

¿Quieres conocer a más personajes de Magela Gracia?

Sigue leyendo...

... aunque después no lo reconozcas.

La Otra. Historia De La Amante

Prólogo.

Se me atragantaron sus palabras. Realmente, la sensación fue más como si hubiera recibido una patada en el centro del pecho, impidiéndome la respiración. No me lo esperaba, y más después de los meses que llevábamos juntos.

Dolía...

Mi mente luchó entre la incredulidad del momento, pensando que simplemente era una broma de mal gusto, y la necesidad de no parecer tan descompuesta como me imaginé que se me veía. Tenía ganas de vomitar, pero desde luego no era de las cosas que se podían catalogar como lucir impertérrita. No sabía si debía guardarme el disgusto, o reconocerle que había sido tan cruel que no estaba segura de poder perdonarle.

¿Cómo podía ser tan imbécil? ¿Perdonarle? ¿Estaba loca?

Llevaba saliendo con este hombre casi un año. ¡Doce jodidos meses! Y en ese momento me miraba con ojos caídos, como si en verdad mereciera que le acariciara con ternura el rostro y le dijera que nada había cambiado. Que le quería y que podría superar por él todas las adversidades.

Sabía mentir francamente bien, el muy mal nacido. Si por lo menos no estuviera tan enamorada... Yo no sabía hacerlo tan bien, y lo necesitada en ese momento más que nada en el mundo. Mentir me era tan necesario como respirar.

El que creía mi novio me tomó de la mano y la envolvió entre las suyas. Eran manos gruesas y fuertes, aunque bien cuidadas. Se notaba que habían trabajado poco en la vida, salvo para aferrar el manillar de su pesada Ducatti, trabajar con las mancuernas y manejar mi cabeza mientras me guiaba para que le envolviera la polla con los labios en el interior de la boca. Esas manos, que me habían aferrado tantas veces el cabello para follarme, eran mi perdición. Siempre me había gustado sentir su contacto, y entonces luchaba por rechazarlo, apartar la mía y propinarle el fuerte bofetón que merecía, que le dejara la cara marcada durante lo que restaba de día.

Y con el que la otra le viera mis dedos pintados de rojo, decorándole la mejilla.

Al final logré apartar mi piel de la suya, y aunque de repente se me helaron las manos sabía que era lo correcto. Necesitaba tiempo para asimilarlo todo. La cabeza no paraba de darme vueltas y tomar decisiones sin reposar los sentimientos nunca solía salirme bien. Y a pesar de tener claro que en esa ocasión no habría respuestas acertadas o equivocadas, simplemente porque con los sentimientos nunca las hay, necesité salir del interior del coche. Después de esos largos minutos tras su confesión ya me había convencido que no era una broma, y de que el dolor que sentía en el fondo del pecho iba a durarme mucho más que cualquiera de los golpes que me había dado mi profesor de defensa personal en el gimnasio.

Aquello era real, y mi novio no dejaba de mirarme, esperando, con rostro lastimero.

¡El muy hijo de puta!

El cuero de la tapicería amenazó con hacerme sudar con su contacto en los muslos, donde otras veces tanto lo había agradecido, mientras me aferraba a él en la intimidad de un aparcamiento en penumbra, cuando nos abandonábamos al olor a sexo. Poco importaba si nos retrasábamos con la reserva de la mesa para cenar en esos momentos. Me sentí la tela del vestido pegada a la piel de la espalda, y de repente no me gustó nada la idea de dejarle las marcas en el coche, signo de mi maldita debilidad.

Un año engañada…

Ciertamente necesitaba coger un poco de aire, escabullirme entre el bullicio del tráfico y no parar antes de sentir el dolor punzante del roce de los zapatos nuevos, de un escandaloso charol rojo e imposibles tacones. Me imaginé arrojándoselos a la cabeza si se atrevía a perseguirme con el coche…

Un año era mucho tiempo. Ese dato no podía, sencillamente, pasar desapercibido. En un año se presentaban muchas oportunidades para sincerarse, para tomar la opción correcta, por dolorosa que pudiera ser para ambos, y comportarse como un adulto asumiendo las consecuencias de los actos. En un año habían muchos abrazos en la cama tras las interminables horas de sexo, muchos almuerzos rápidos compartiendo confidencias, y hasta un par de mini vacaciones de un fin de semana, alejados del estrés diario. Incluso un par de días separados por la visita que acababa de hacerle a mi hermana en Navidades.

Un año daba para mucho…

Me estaba asfixiando.

Abrí la puerta del coche y puse los pies en el asfalto. No recuerdo si fui yo la que recordé coger mi bolso o si fue él quien me lo tendió, entendiendo que no conseguiría meterme nuevamente en el habitáculo para hablar. La calle me dio vueltas, y los olores no me lo pusieron más fácil. De pronto estuve al otro lado del suelo asfaltado, en la acera, y lo miré con ojos perdidos, como si lo viera por primera vez.

Era un perfecto desconocido.

Había salido por su puerta y me miraba, sin atreverse a decir nada.

Su imagen recortada sobre el fondo oscuro del coche me evocó el recuerdo de la primera vez que me recogió a la salida del trabajo, hacía ya tantos meses. Entonces el automóvil era otro, él vestía ligeramente diferente y su sonrisa, desde luego, era mucho más excitante que el rictus de incredulidad que le adornaba en ese momento la cara. Teníamos muchas historias a las espaldas, muchos encuentros, muchas emociones.

Mucho sexo...

Lo miré como si lo viera por vez primera, observando al capullo que me acababa de decir que tenía una amante desde hacía un año.

Simplemente no podía creerlo.

Las lágrimas me empezaron a rodar por las mejillas, estropeando el maquillaje de día; ese maquillaje que había esperado descomponer con la saliva de su boca al besarme, con el sudor despertado con sus embestidas y mis lágrimas escapadas por descuido durante un magnífico orgasmo. En la entrepierna aún sentía el escozor de su polla, follándome minutos antes en el cuarto de baño de mi oficina. Olía a corrida apresurada. Ahora podía entender que deseara con tanta ansia empotrarme contra los azulejos del baño, abrirme de piernas mientras deslizaba con rapidez el bajo de mi falda hasta la cadera, para enterrarse de frente aun a riesgo de mancharse los pantalones del traje. La sorpresa de su deseo me había encendido, y no había encontrado resistencia en la decena de embestidas que duró hasta me llenó por entera de leche.

Aún podía escucharlo gemir contra mi cara.

Mi novio tenía una amante.

Me había follado antes de contármelo por si mi reacción acababa siendo precisamente la que había tenido. Quería correrse, simplemente por si era la última vez que conseguía hacerlo dentro de mi cuerpo.

La última vez que obtenía el placer que tanto le gustaba.

En ese momento su leche resbalaba por el interior de mis muslos y no sabía bien qué necesitaba hacer con ella. Mi lado vicioso me decía que podía retener a ese hombre a mi lado, y que lo único que tenía que hacer era comportarme como la puta que había sido siempre en el sexo. Llevarme un par de dedos a los muslos, sin quitarle los ojos de encima, y luego probarlo mezclado con el sabor que desprendía yo. Octavio no podría resistirse a eso, y yo podría olvidar todo el daño que me había hecho en unos insignificantes minutos.

Pero no quería ni pensar en olvidar el daño de doce meses. Eso era muy complicado de asimilar. Bastaba con olvidar lo que acababa de confesarme, sin más...

Hacer como si nada hubiera pasado.

Pero mi lado enojado me arrastraba a bajarme las bragas, limpiarme en medio de la calle con ellas y arrojárselas lo más fuerte posible, tratando de acertarle en la cara. Sabía que estaba demasiado lejos como para que la tela no acabara cayendo en el parabrisas de cualquiera de los coches que circulaban por la calle, y que afortunadamente nos hacían en ese momento de barrera.

Lo odié con todas mis fuerzas...

Empecé a llorar sin poder controlarlo. Y con la poca dignidad que me quedaba conseguí darme la vuelta y empezar a avanzar sin rumbo, con la única necesidad de alejarme de él. No podía apostar si se quedó, mirándome marchar o si volvió al interior de su Audi para alejarse de mí, arrancándome de su vida.

Pero a ese hombre siempre le había encantado mi trasero, y apostaré a que, aunque fuera sólo por si no volvía a verlo, esperó hasta que doblé la primera esquina, donde me derrumbé en el suelo y lloré amargamente durante lo que me parecieron horas.

Mi novio tenía una amante…

Y era yo.

Podrás encontrar
"La Otra. Historia De La Amante"
en